FLORET
READING

小花阅读

我们只写有爱的故事

青春阅读　幸得相见

鹿拾尔 | 小花阅读签约作者

拖延癌晚期，重口味网瘾患者。
超级英雄电影死忠粉，喜欢看古古怪怪的冷门类英美剧，同时也是轻度摄影爱好者。
梦想有一天成为超级英雄拯救地球的中二少年。
伙伴昵称：612、六妹

个人作品：《鱼在水里唱着歌》《听我的话吧》《但使洲颜改》
即将出版：《忆我旧星辰》

DANSHIZHOUYANGAI

但使洲颜改

鹿拾尔 著

河北出版传媒集团
花山文艺出版社

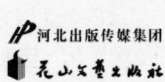

小花阅读

【春风十里】系列

FLORET
READING
▼

《寥若晨星》
过云雨 著

标签：邂逅与重逢｜当温柔多金遇上爱情洁癖｜遥不可及的两心相悦

内容简介：

日本金阁寺下一场美丽邂逅，爱的种子悄悄发芽。

他，是摄影界新贵，是家族企业继承者，但却背负着婚姻不许自由的枷锁；

她，是巧手女画师，是爱情精神洁癖者，可偏偏控制不住奔向他的心。

他和她，一见钟情，许多磨难。

当黑色阴谋强势插手，当家族企业因为他的心动摇摇欲坠，矢志不渝的爱恋是否还能像樱花一样绚烂？

《深爱如长风》
打伞的蘑菇　著

标签：掩埋的爱与真相｜深情警探与不祥少女｜被遗忘的一见钟情

内容简介：
乔粟觉得自己是不祥之人，跟她扯上关系的人都没有好下场。洴水巷恶意杀人事件，冰美人连环杀人案……幕后黑手不断在她身边制造凶杀案。
当挚友因她而死后，坚强如乔粟也陷入了绝望。这时，奔赴千山万水去救她的人正是季南舟！
她爱上了季南舟，誓要将凶手绳之以法，却不知凶手与他们息息相关。
再也不愿放过他们！

《此去共浮生》
晏生　著

标签：十几岁的恨与喜欢｜沉默少年 VS 跳脱少女｜这个男生很长情

内容简介：
十几岁的年纪，会那样喜欢一个人，又那样恨一个人吗？
顾屿不知道，他只知道作为私生子，他尝尽了世间的人情冷暖。米沉是第一个走进他世界的人，情之所起，此生便不能再忘。
黎岸舟不知道，他是恨米沉的，一夜之间家破人亡，这都是米沉父亲的杰作，可是手握米父受贿证据的他，却害怕这个他从小喜欢的女孩和他一样没有了家。
可最终他仍将这个用骄傲守护的女孩推入了深渊……
当青春落尽，那些被压抑、被伤害的昨天，是否会让他们遗失了彼此？

《幸而春信至》
狸子小姐　著

标签：婚后甜宠｜软萌慢热小白兔VS高智商狐狸美男｜日久生情

内容简介：

大学追了四年，出国留学念念不忘又四年，谭梓陌觉得自己可能一辈子都要栽在阮季手上了。

可一夜醉酒醒来，却看到阮季睡在身边，还答应了他的求婚。果然，当查出怀孕是个大大乌龙时，这个慢热的小白兔还是提出了离婚。

可是小白兔阮季又怎能逃离得了狐狸谭梓陌的手心呢？

这一次的谭梓陌变得更加狡猾，眼里写满了算计，欲擒故纵，温柔情话……

《但使洲颜改》
鹿拾尔　著

标签：死而复生的谎言｜当追凶少女遇见绯闻凶手｜为你怼翻全世界

内容简介：

大学教授的遗体在月色中变成了年轻的神秘男子！

目睹一切的颜小弯比任何人都震惊，因为此人正是五年前特大爆炸案的嫌疑人，让她家破人亡的罪魁祸首——覃洲木。她深入调查案件，却没想到覃洲木竟然出现在她面前，告诉她神秘男子是他的孪生弟弟！

黑暗浪潮袭来，他们一次次徘徊在生死边缘，无法自拔地爱上了彼此。

直到最后才发现真凶另有其人……

作者前言
颜小弯与颜小苹

故事的女主角原本不叫颜小弯。

最初起名字的时候，我绞尽脑汁想了好久，想叫她小苹，觉得这两个字特别可爱。

但是呢，我的男主角名字叫覃洲木，这是最早敲定的名字，我个人非常喜欢。可两个主角的名字合在一起，却让我想起一句古诗——肠断白蘋洲。当我将这件事告诉给二组的小伙伴们时，被她们笑了好久。

嗯，好像寓意不是很好，于是我就默默修改了女主角的名字，叫小弯，也很可爱。

好在后来定好大纲之后，烟罗姐替我起了一个好听的书名，就是现在的《但使洲颜改》。非常感谢她，让我不至于总是回想起"肠断白蘋洲"这回事了。

《但使洲颜改》这个故事是围绕五年前的一场爆炸案而展开的，里面的每个人都与当年的爆炸案有着或多或少的联系，他们每一个人都很重要，是故事里不可或缺的一部分，我很爱他们。

至于爱情的部分，覃洲木和颜小弯代表着甜宠，而里面的另一对徐倦和许桑娅则让我有些心疼，至于他们之间具体发生了什么，你们继续往下看就知道了。

　　在故事的尾声，我让我第一本小说《鱼在水里唱着歌》里的男主角池川白友情客串了一把，他的职业是警察，而警察往往伴随着案件的发生而出现，所以我就暗地带了一把他。毕竟他是我第一本书里的男主角，他在我心中还是很有地位的。

　　为了写好这个故事，我们甚至忍痛解散了从入公司起建的群，想一想就觉得很可惜。

　　但凡事总有意外，在我写到故事里的一场床戏时（咦，我在说什么），我忍不住笑场了。这一幕被九歌和晚乔看到，催着我又新建了一个讨论组，将写好的情节发给她们看。

　　对！她们就是这么猥琐！

　　然而，这个为了看"床戏"而建立的讨论组，只悲催地存在了十分钟之久。

　　短暂地讨论完之后，我们又各自投入到自己的故事当中。

　　当然咯，现在故事结束了，我们的群又创起来啦，名字就叫"六九组合和她们的宠物仓鼠"，是不是很有爱？

鹿拾尔

目 录 Contents

【楔子】-001
鹤安市对覃总而言,到底是怎样特殊的存在呢?

【Chapter 1】-005
看到这张脸的瞬间,她瞳孔猛然一缩,巨大的冲击扑面而来。

【Chapter 2】-011
许桑娅,是五年前爆炸案的幸存者之一。

【Chapter 3】-018
你的出现,让绝望的我,相信这个世界还有美好存在。

【Chapter 4】-025
很高兴认识你,别有目的的小姑娘。很高兴认识你,爆炸案的主犯嫌疑人。

【Chapter 5】-031
她受够了冷嘲热讽,受够了这糟糕透顶的人生。

【Chapter 6】-036
他身子晃了晃,轻声呢喃出一个熟悉又陌生的称呼:"哥……"

【Chapter 7】-042
该死的人,是他。

【Chapter 8】-047
"你真看不出来吗?"他兴致盎然地挑了挑眉,"我是在追你。"

【Chapter 9】-054
"你说……你和覃洲木到底是什么关系?"

【Chapter 10】-060
他绝不允许世界上任何人伤害自己的哥哥。

【Chapter 11】-064
当年到底发生了什么,让她这么避之不及?

【Chapter 12】-073
难道对当年爆炸案知情的人,除了他们外,还有另一个人存在吗?

【Chapter 13】-077
她感觉整个人都不好了,有种分明还什么都没做,却被他看透的感觉。

Contents 目 录

【Chapter 14】-084
"当然,其实你也挺温柔的。"

【Chapter 15】-092
"我也想知道真相,所以……你要不要和我一起?"

【Chapter 16】-099
她以为那是因为自己已经足够坚强,能镇定地面对过往了。

【Chapter 17】-103
这两个的拼音拆开来分析,恰好就是:我爱你爱你。

【Chapter 18】-108
她是他虚有其表的寡淡人生里,难得寻到的一丝乐趣。

【Chapter 19】-112
去报警吧,把一切内幕都公开出来!

【Chapter 20】-117
他愿意试试看,选择信任她。

【Chapter 21】-123
他说这句话的语气里带了丝难以言喻的温柔。

【Chapter 22】-129
能长长久久地喜欢一个人,真好。

【Chapter 23】-134
"那如果,我亲你一下呢?"覃洲木打断她。

【Chapter 24】-142
"对,你说得对,我是恨他,恨他为什么不死在那场爆炸里?!"

【Chapter 25】-147
那是她做梦都想不到的可怕场景。

【Chapter 26】-154
他们之间的渊源难道如此之深?

目 录 | Contents

【Chapter 27】-163
"我无父无母、无依无靠，"他笑得散漫，"死了也没人会惦记的那种。"

【Chapter 28】-176
如果这就是你的目的，那么，我如你所愿。

【Chapter 29】-187
初遇的时候，徐倦忍不住羡慕，年轻真好。

【Chapter 30】-192
只要想念了，不管相隔千山还是万水，随时都可以奔赴过来。

【Chapter 31】-198
我们不争论是谁先开的口，不争论是谁先动的心。

【Chapter 32】-209
对于覃洲木，她有把柄在手。

【Chapter 33】-218
好，我不再问，你是否像我爱你一样爱我。

【Chapter 34】-228
这次的小聚，根本是个局。

【Chapter 35】-242
世上没有那么巧合的事情，就算有，也会留下蛛丝马迹。

【Chapter 36】-250
作为拉开戏剧帷幕的人，他怎么能错过这场好戏？

【Chapter 37】-256
此刻的你，真真切切，近在咫尺。

【番外一】-267
覃洲木低笑："她有趣的一面只有我能看到。"

【番外二】-272
老天爷呀，能不能让我和这个人在一起，一辈子的那种。

你，藏着不容于世的谎言
世界不知道，时间不知道，只有我知道

楔子

鹤安市对覃总而言，
到底是怎样特殊的存在呢？

晚上，九点二十九分。

覃洲木在晚宴上与一个貌美的新生代女演员很亲密地说了几句话。

九点三十分。

覃洲木与那个新生代女演员拥抱了一下，新生代女演员欲拒还迎，笑得很羞涩。

在这短短两分钟内，一个记者对着他"咔咔咔"一阵连拍，拍完又火速地将照片传给公司新闻总部。

覃洲木年纪轻轻就继承了庞大的家族企业，再加上外貌出众，所以他的私生活一直受到娱乐媒体的关注，关于他的花边新闻自然也层出不穷。

那女演员见不远处的记者冲她示意已经拍到了满意的照片，确信自己能借此机会在娱乐版块好好吸一把眼球后，她便找借口喜滋滋地离开了。

覃洲木嘴角噙着笑，眼睛冷冷淡淡地扫过那女演员的背影，随意拍了拍精致的西装，将那股腻人的脂粉味拍掉，然后起身与靠近他的另一拨人攀谈起来。

他怎么会看不出那女演员的小伎俩？

从宴会上赶走几个偷拍的记者是一件轻而易举的事情，他只不过是不介意被那个女演员利用，传一把绯闻罢了。

毕竟上新闻，对他覃洲木而言，是一件双赢的事。

觥筹交错间，年轻的冯助理踩着小碎步跑到覃洲木身前，恭敬且讨好地将手机递到他眼前："覃总，您有一个未接电话。"

覃洲木捏着高脚杯漫不经心地晃了晃，暗红的液体倒映在他没有情绪的眼里，带着些蛊惑的味道。

"你分不清场合，是不是？"

覃洲木的声音低哑而有磁性，乍一听语气温和毫无责怪，但只要和他接触久了就知道，这只是表象罢了。在他手下工作，必须时刻遵循严谨的纪律，不能出现丝毫差错。

冯助理一滞，赶紧摇头解释："不是啊，覃总，我知道您叮嘱过，宴会期间任何人的电话都不接……可是、可是……"

周围嘈杂的声音一下子盖住了冯助理的说话声，覃洲木眉头一皱，伸手将冯助理拉远几步："什么？"

冯助理因为这猝不及防地亲近羞红了脸，她支支吾吾地说："可是这个电话是从鹤安市打来的……"

话还没说完，覃洲木已经松开了她，她手里的手机瞬间被他夺走。他散漫的眼神一点点凝聚起来。

未接电话是从鹤安市打来的，再回拨过去，就是持续关机的状态。覃洲木很快就放弃继续拨打，同时也注意到还有一条由同一个号码发来的未读短信，内容是一个地址和一张照片。

覃洲木点开来看，照片有些模糊。这张照片明显是在拍照人手抖的状况下拍的。

覃洲木盯着看了好一会儿，嘴角维持了许久的笑容一点点地消散。

震耳的爆炸、滔天的火光、凄厉的喊声、素白的灵堂、沉默的墓碑，从他的脑海中一一掠过。他静默了片刻，才重新将手机丢到冯助理怀里："给我安排后天去鹤安市的飞机。"

"啊啊……后天？可是您后天不是还要参加股东大会吗……"冯助理呆了呆，似乎有些不可置信。覃总虽然有些肆意妄为，但也没肆意到这个程度吧……

但好在覃洲木很快就打消了这个念头："那算了。"

冯助理舒了口气，覃总在非议中接手公司，本就根基不稳，要是再缺席股东大会的话，肯定又会被股东们挑刺，还不知道会被讥讽成什么样。她回想起上一次股东大会上，覃总遭遇的横眉冷对，就不由得一阵心惊胆寒。

"改到明天。"覃洲木不紧不慢地补充。

"啊？"

"怎么，有疑问吗？"

他不等冯助理回话，就随手将高脚杯搁在一旁服务员的托盘里，重新走入人群里，谈笑风生的样子，与刚才那个一瞬流露出沉寂表情的人迥然不同。

"没有。"冯助理身子一抖，哆嗦了一下，默默回复。

她困惑地看着覃洲木的背影，明知道自己不该多问，却忍不住好奇地想着：覃总宁可缺席股东大会也要去鹤安市，到底是谁打来的电话？

她刚来公司时就知道，覃总对鹤安市的事总是讳莫如深又极其关注。他私底下让她安排过好几次去鹤安市的行程，每次都让她订不同区的酒店，他在那里一待就是好几天，而且，那几天完全不处理任何公务。

所以她明知道覃总在私人时间是不接工作电话的，但看见来电显示后，她犹豫了几秒，还是拿着手机找了过去。

鹤安市对覃总而言，到底是怎样特殊的存在呢？

Chapter 1

看到这张脸的瞬间,她瞳孔猛然一缩,
巨大的冲击扑面而来。

　　鹤安市医学院解剖教室的空气,如往常一样,弥漫着浓烈的福尔马林的味道,有些呛鼻子。

　　颜小弯也如往常一样,穿上白大褂,虔诚地向大体老师——也就是捐献者的遗体,躬身默哀完后,就径直拿起手术刀面不改色地开始今天的解剖课程。

　　现在是考试前的紧要关头,虽然颜小弯的成绩一直名列前茅,但她却丝毫不敢松懈,秉承着对医学的严谨态度,虚心向老师请教,反复巩固知识点。

　　今天的到课率并不高,周围零零散散坐着的几个小组同学一边看着她的动作,一边小声讨论着昨晚发生的恐怖事件。仔细说起来,关于解剖室的各类惊悚荒诞的传言也不少,但医学院的学生接触尸体接触得多了,信奉科学,对鬼神之说往往也不以为意一笑置之。

但昨晚,有人亲眼看见了原以为只会发生在恐怖小说里的事件。

经过口口相传,这个事件在整个医学院迅速升温,恐怖的气氛蔓延开来,纵使老师反复解释那只不过是一场意外,但还是有好些个胆子小的学生装病不肯来解剖楼上课。

他们细细碎碎的说话声,惊扰了正在认真解剖肺部的颜小弯,她动作一停:"你们到底是来上课的,还是来讨论八卦的?"

她虽然语气淡淡的没什么起伏,却让一个说得起劲的女生瞬间炸毛:"你什么意思啊?这是什么态度?"

另一个女生拉住炸毛女生,劝道:"算了,别跟她计较。"

那女生口中的"她"自然就是颜小弯。

颜小弯的性子有些古怪,平时就不太和同学们交流,说得好听叫高冷,说得不好听叫不近人情,她对周遭发生的事情向来不太在乎。

颜小弯看了他们一眼,没有回话。

头发花白的老师终于发现了气氛的异样,停下讲解,严厉地咳嗽一声:"这是在解剖室,对大体老师放尊重一点儿,有矛盾课后再解决。"

同学们渐渐安静下来,可炸毛女生还在愤愤不平地小声吐槽:"就她一副什么都不在乎的样子,装什么清高啊?"

"好了,好了,别说了,别说了……"

颜小弯动作一顿,放下手术刀,开始摘手套。这番动作吓得炸毛女生一愣:"你想干什么?"

颜小弯看也没看她,冲老师说:"老师,我去趟洗手间。"

老师随意地挥挥手:"去吧。"

颜小弯打开水龙头,将一大捧冰凉的水浇在脸上,望着镜子里湿漉漉的自己,心脏开始不受控制地剧烈跳动起来。她的思绪霎时间飘回了昨晚那个传闻中的恐怖事件的现场。

她也是昨晚那起"恐怖事件"的目击者之一。

昨晚,八点三十分。

颜小弯又一次加班加点解剖到了这个时候,她完成最后一个步骤后,疲惫地长舒了一口气,活动了一下因为长时间保持一个动作而僵硬的四肢。

解剖课时间太短,加班加点的现象非常多,但加班到这个点的也委实少见,好在颜小弯成绩优异,解剖课的老师也颇为喜欢她,便将解剖室的钥匙交给了她。

学霸嘛,老师们对他们总是异常宽容的。

这时,门口突然传来敲门声,颜小弯讶异地回过头,正好看到夜跑完毕的室友陆翩芸言笑晏晏地站在门口。

"隔老远就看到五楼亮着灯,我一猜就知道是你。"

两人边走边聊。

"我听说学院里名望很高的那位赵教授前几天去世了,他的家属依照他的遗言,将遗体捐献给医学院,现在遗体就放置在二楼。"陆翩芸一脸崇拜,"赵教授将一生都奉献给医学、奉献给了学院,真是让人肃然起敬哪。"

颜小弯一贯冷淡的表情也松动了些许："我也听说过赵教授，听说他在好几个领域都有不俗的成就，特别值得我们学习，比如……"

"颜小弯！"陆翩芸好笑地打断她，"你怎么每次都一副一本正经的样子？！"

颜小弯顿了顿，继续说："比如他虽然主攻西方医学，却在传统医学领域也颇有建树，特别是中医学……"

陆翩芸笑得更厉害了。

两人恰好下到二楼，好奇心使然，陆翩芸朝那个停放了赵教授遗体的房间窗户看了一眼。不看不打紧，这一看让她的动作猛地僵住了。她眼睛直勾勾地盯着窗户，嘴唇微微颤抖，却怎么也发不出声音来，裸露的手臂上甚至不由自主地冒出一层细密的鸡皮疙瘩。

颜小弯见她反应奇怪，也随着她的目光往里面看去，霎时，一股毛骨悚然的感觉蔓延至全身。

原本黑漆漆的房间被风掀开一角窗帘，皎洁的月光倾洒进来，原本放置尸体的柜子也被掀开一角，柜子的旁边则静静站着一个穿白色衣服的男人，他身上的衣服看起来湿漉漉的，胸膛也微微起伏，似在呼吸。

看起来，那男人就像是刚从柜子里爬出来一样，不由得让人浮想联翩，想起《聊斋》里的精怪故事——死去的老人变成了年轻的精怪男子……

夜晚的解剖楼，除了颜小弯这种胆子大什么也不怕的学霸外，基本没有人会来，更何况是独自待在不开灯的房间里。

陆翩芸不由自主地伸出手紧紧攥住颜小弯的手臂，攥得颜小弯发疼。两人迫切地想逃，脚却死死地钉在地上，怎么也动弹不了。

不知是不是她们发出的动静惊动了那男人，他缓缓侧头，露出一张年轻的脸，精致而英挺的眉眼，唇畔边浮着若有似无的微笑，在这种诡异的氛围下更加吓人，像极了鬼魅精怪。

看到这张脸的瞬间，颜小弯瞳孔猛然一缩，巨大的冲击扑面而来——不是害怕，而是一种极度震惊和极度兴奋交织在一起的战栗感。

这种战栗感一层一层地涌上她的大脑皮层，刺激得她心中的情绪无处宣泄。

她手指微抖，下意识地掏出手机对准窗口。她脑子里只有一个念头，那就是拍照留下证据。

那个男人的脸，她怎么也不会认错。

她怎么敢认错？！

她默默在心底一遍遍念叨着那张面孔的主人的名字，那是覃洲木……覃洲木……

此时，颜小弯身旁的陆翩芸终于承受不住巨大的冲击，脸色惨白地跌倒在地，她再也控制不住自己的声音，一声比一声尖锐的尖叫充斥了整个大楼。

颜小弯被她吓了一大跳，来不及多想，匆匆收起手机，手忙脚乱地扶起她。

附近好几个学生循声找了过来，可跌坐在地上的陆翩芸还在口不择言地叫嚷着"有鬼"。

一场混乱后,几个学生强行打开那个房间的门进去查看,却发现里面空无一人,那诡异的男子不见了踪影。柜子里空荡荡的,除了微微漾起波纹的福尔马林液体外,什么也没有。

赵教授的尸体也失踪了。

Chapter 2

许桑娅,
是五年前爆炸案的幸存者之一。

结束了当天的课程后,颜小弯提着买好的午饭回到寝室。

陆翩芸还有些惊魂未定,请了假在寝室休息。她此刻正半靠在床上和许桑娅聊天,看到推门进来的颜小弯,她赶紧招手说道:"小弯,昨晚你不是拍了照吗?那个……那个……"她想了半天都不知道该怎么解释那活过来并且变年轻的"赵教授"是怎么回事。

"鬼魂。"许桑娅补充。

陆翩芸吓得脸更白了。

颜小弯沉默了一下:"太黑了,什么也没拍到,所以我删掉了。"

"啊,没拍到啊?"陆翩芸明显有些失望。

颜小弯点点头。

"我原本还想给桑娅看一看来着。"陆翩芸丧气地说。

许桑娅见状耸耸肩,接过话头:"删了就删了,没关系,我反正也不是很想看。"她拍了拍陆翩芸的肩膀安慰,"你呀,胆子这么小,照片没了正好,省得你又多想。"

颜小弯将饭盒放到陆翩芸身旁:"趁热吃吧。"

陆翩芸还在嘟嘟囔囔:"经历了这么可怕的事情,让我怎么吃得下东西?!"

颜小弯理解地点点头,将饭盒又拿起来:"那我都吃了吧。"

陆翩芸呆了呆,急了:"哎哎,别呀,我就是客套一下,你这人!"

"好了,你都在寝室待一整天了,吃完饭也该出去走走了。"许桑娅边说边起身换衣服,"陪了你这么久,够意思了吧?"她散漫地笑道。

许桑娅翘课翘习惯了,即使是重要的解剖课也不当一回事。所以颜小弯规规矩矩去上课时,她却能无所事事地陪着陆翩芸。

在许桑娅衣服褪下的那一刻,颜小弯和陆翩芸可以清晰地看到,她的肩膀上有一块狰狞的红色灼伤疤痕,似乎在无言地诉说着她当年遭遇的惨事。

两人都沉默下来,不再说话了。

许桑娅,是五年前一起爆炸案的幸存者之一。

那起发生在鹤安市百货大楼的爆炸案,波及范围很广,据说有不少人员伤亡,财产损失也十分惨重。许桑娅也是经历了九死一生才逃出来的。

当时在百货大楼负责安保工作的恰恰是颜小弯的父亲,没能及时发现险情的舆论压力几乎要压垮了他，后来，他不堪重负跳楼自杀了。

颜小弯原本幸福美满的家庭因为父亲的离世，毁于一旦。

一起爆炸案，让那么多人经历了生离死别，承受了无尽的悲痛。

后来，颜小弯考上医学院，机缘巧合之下，她从室友许桑娅口中得知，继承了覃氏企业的覃洲木就是当年爆炸案的始作俑者。

由于，许桑娅是那场爆炸案的亲历者，颜小弯觉得她这番话的可信度很高。

她还欲再问，许桑娅却自知失言，开着玩笑再也不肯多说。

也就是自那时起，颜小弯就一直默默关注着覃洲木的消息，且暗暗下定决心，要揭穿覃洲木的真面目。

自己的父亲何其无辜？真正的始作俑者又凭什么逍遥法外？

可颜小弯没想到，她这么快就亲眼见到了"覃洲木"。

颜小弯在恐怖事件发生后，再次搜索"覃洲木"的消息时，却看到媒体刚曝光的新闻上，放着当天晚上覃洲木在他所居住的银星市与某明星的亲密照。

她迷茫了，几乎要怀疑自己的眼睛了。她大脑飞速运转，这才恍然间才记起，这个世界上，还有一个与覃洲木长得一模一样的人，覃洲木的双胞胎弟弟。

只是在那场爆炸案中，覃洲木的弟弟死了，而覃洲木活了下来，且顺利继承了家族企业。

可现在，为什么覃洲木死去的"弟弟"居然又活生生地出现在了学院的解剖楼里？

她不禁开始怀疑，当年的真相到底是什么、到底谁才是幕后真凶……是覃洲木，还是实验室里与他长得一模一样的那个男人，抑或是其他什么人？

覃洲木"死去的弟弟"再度出现又预示着什么？

原以为接触到了真相，却发现背后隐藏着更大的谜团。

仿佛有一双无形的手，正把无意间窥知真相一角的她，拉入旋涡之中。

颜小弯不得不承认，她有些慌了。

许桑娅换衣服换得很快，甚至在短短几分钟内还化了一个淡妆。

陆翩芸看得目瞪口呆："你不至于吧？和我们一起出门还化妆？让我们情何以堪？"

许桑娅翻了个白眼，扯了扯嘴角："你想得美。本小姐是要去约会，约会懂吗？"她抱起昨晚买的一缸热带鱼，"才不跟你们两个单身狗玩耍。"

陆翩芸："你就是这么对待心灵严重受到摧残的我的吗？"

颜小弯默默补刀："你不是挺生龙活虎的嘛！"

"……"

覃洲木凝神静静地望着鹤安市医学院的校名，已经有好一会儿了。

坐在前头的司机终于忍不住开口了："先生？先生？这里就是鹤安医大……您确定要在这里下车……是吧？"

覃洲木终于回过神,淡漠的脸上有了轻微的情绪波动。他将车费递给司机,嘴边噙着惯常的笑:"不用找了。"

校门口人来人往,学生们年轻朝气的脸庞透着青涩与稚气。

这里,正是短信里提示的地点。

覃洲木的手机早已经没电了,他走到学院旁边的小卖部给自己办公室的座机打了一个电话,电话很快被那头的冯助理接起了。

冯助理明显有些沮丧,覃总不管不顾就走了,扔下一大摊子事给她,她光是取消各种会议和活动就忙了一下午,再想一想明天要独自一人面对股东们的怒火,她就更沮丧了。

"覃总,您已经到达鹤安市了?"

"嗯。"

"那就好,那就好……您特意打电话过来是……"她心底莫名腾起些小小的欣喜。

"我让你查的号码,查得怎么样了?"

冯助理关于办公室恋情的美好幻想一下子就被无情打破,她结结巴巴道:"啊,抱歉覃总,我一时给忙忘了,我这就安排技术部的人去查一查……"

那个从鹤安市打来的号码,自昨晚起,就再也无法打通,好像它存在的唯一意义就是发那条短信。

他不知发短信的那个人是谁,但如果那人的目的是为了引他过来,那么,那人已经成功了。

覃洲木从小就肆意妄为惯了，纵使在这几年里有所收敛，但周围的人都知道他的脾气，他从不允许任何人打乱他的计划。

而能让他打乱计划，搁下一切，因为一条短信就迫不及待地来到这里的理由只有一个。

即使照片里的人影再模糊，覃洲木也能一眼认出，那是与他一同生活了十七年的双胞胎弟弟！是五年前在鹤安市的一场爆炸案中，与他的养父母一同死去的双胞胎弟弟——覃屿树。

往事呼啸而来，覃洲木耳畔边仿佛还回响着弟弟的话语："哥，这次期末我又考了第一名，连同你的那份一起考的，爸妈肯定不会再怪你了！"

"哥，我今天有些不舒服……你能替我去上一节高数课吗？"

"不不，不能告诉爸妈，爸妈不会允许我因为一点儿小毛病，就请假不去上课的……拜托了，哥。"

"哥，你既然身体不舒服，那就在楼下等好了。我和爸妈去去就回来……你就放心吧，这家百货大楼本就是咱家旗下的产业，能出什么事？"

"哥，我很快就回来。"

"哥……"

……

纵使无数人告诉他，覃屿树已经死于那场蹊跷的爆炸中，尸骨无存，他却怎么也不肯相信。

他曾数次来到鹤安市私下调查，各条不熟悉的街道他都亲自走访过，虽然毫无所获，但他却从不放弃。

"赵教授？"

一声尖锐的叫喊，惊扰了低头沉思的覃洲木。

这声叫喊之后，周围来来往往的学生脸上的表情都变得有些古怪起来，他们纷纷离他远远的，对着他指指点点，不知道在议论些什么，让他有些莫名其妙。

覃洲木侧头向声源看过去——那是两个刚刚走出校门的女学生，乍一看并不引人注意，但其中一个望着他吓得脸色惨白，像大白天撞鬼了一样，另一个的表情则有几分微妙。

看到覃洲木的那个瞬间，刚刚走出寝室打算去散散心的陆翩芸吓得连连后退几步，开始后悔自己的决定。她一个趔趄几乎又要摔倒，还好被一旁的颜小弯扶住。

她的声音里已经带着哭腔："这大白天的……赵教授，你、你、你就别出来溜达了，啊啊啊！"

覃洲木不明所以，微微挑起眉，嘴角向上一翘："你说什么？"

Chapter 3

你的出现，让绝望的我，
相信这个世界还有美好存在。

徐倦正在办公室里翻阅几个疑难病患的病历时，听到了楼下传来的喧哗声。他所在的办公楼离医学院的校门很近，时常能听到校门外传来的动静，对此他早已习以为常了。

他疲倦地揉了揉太阳穴，顺势搁下病历，起身朝窗外看去。

楼下人群的包围圈中间有一个看起来很眼熟的年轻男人。

他的视线还没停留几秒，就被一阵急促的敲门声打断。

"进来。"他合上窗户，拉拢上窗帘，外面的喧嚣声音一下子小了许多。

门外的许桑娅脸上扬起笑，几步走进来，将手里捧着的鱼缸递到徐倦眼前："当当当当——徐倦你看，新品种，喜不喜欢？"

她的笑容里带着些许讨好，一向热烈散漫的她，也只有在面对徐倦时，才会像一株含羞草般娇羞和慎重。

徐倦转身，眉头轻轻一蹙，叹口气说："我说过了，在学院里要叫我徐老师。"

许桑娅固执地喊道："徐倦。"

徐倦重复："徐老师。"

"徐倦。"

"……"

许桑娅理直气壮："这里没有其他人，不会被其他人听见的。我保证……保证在有其他人在场的时候，老老实实叫你徐老师好不好？"

徐倦无可奈何："你呀。"他说了这么多次，她却还是老样子，他也只好作罢。

许桑娅内心窃喜，她知道的，徐倦不会在这些小事上过多干涉她。她又一连串地叫了好几句："徐倦，徐倦，徐倦……"

徐倦任由许桑娅将几条小小的热带鱼倒入自己办公室的水箱里，这才慢慢说："其实你不用这样，隔三岔五送鱼给我。"

许桑娅捧着空空的鱼缸偏头笑了笑："只不过是几条鱼而已，你看你办公室，装修得死气沉沉的，有了这几条鱼，岂不是活泼了很多？"见徐倦依旧没什么表情，她一顿，又补充道："毕竟当年在爆炸案中，是你救出了我，我只是……我只是很感激你而已……"

"好了。"徐倦突然变得不耐烦，"都过去这么久了，这些往事你还要说到什么时候？"

许桑娅一怔，在她的印象里，徐倦一直待人温和有礼，就算有的时候被她缠得不耐烦了，也只会无奈地叹一声"你呀"，平时他是极少发脾气的。

她霎时间有些无措。

徐倦似乎也愣了愣,眼里立刻浮起歉疚:"抱歉,桑娅……"

许桑娅回过神,笑着摇摇头:"没关系,我以后不说就是了……你是因为工作太忙了,所以心情不好是不是?那我就不打扰了。"

徐倦"嗯"了一声,重新坐回办公桌前,在许桑娅即将关上门时,他淡淡道:"桑娅,你年纪也不小了,可以找男朋友了……要是有机会的话,也可以带来给我见一见。"

许桑娅脸色一僵,手指也不由自主地收紧,但还是熟练地扭头莞尔一笑:"我也觉得。"

许桑娅其实对学医并没有什么兴趣,或者说,她对任何事物都没什么太大兴趣。

她千方百计考上这所名气很大的医学院,只不过是因为,徐倦是这所医学院的教授罢了。

她明白自己的心意会让徐倦困扰,会让他在学院待不下去。所以她以报恩为名,隔三岔五地买鱼来找他,短短几分钟的相见就能让她回味好几天。要是别的老师问起,她就嬉笑一句:"徐老师当年救过我一命呀,我只是感激他罢了。"

徐倦大不了她十岁,当初把她从爆炸现场救出来,也只是无意之举。他恐怕从没想过,会从此招惹上烦人的自己吧。

可是徐倦啊,我不敢奢求太多,我只不过是想离你近一点儿,再近一点儿。

正是因为你的出现，让当年那个绝望的我，相信这个世界还有美好存在。

可你永远都是这样，不动声色地抗拒我、不动声色地把我推到千里之外。

几分钟后，徐倦再次烦闷地搁下手中的病历，起身拉开窗帘，推开窗户。

清爽的风一下子迎面而来，将他心头郁结的情绪吹散了不少。

楼下人群已经渐渐散开了，那个男人已经离开了。

他凝神想了一阵，眉头才一点点松开。

那个男人，徐倦曾在电视新闻上见过的，虽然是些乱七八糟的花边新闻，却让人印象深刻。毕竟从没有谁像他一样，在养父母意外死亡后，在无数非议声中，顺理成章地继承全部家族企业。

他是五年前那起爆炸案后，唯一的受益人，覃氏企业新晋老总——覃洲木。

覃洲木听眼前的女生说了十分钟的话。

这十分钟，不仅让他确认了覃屿树昨晚的确曾在这里出现过，也确认了眼前这姑娘语言表达能力不是那么好，是一个挺无趣的人。

覃洲木有些啼笑皆非。

他本没有那么多耐心听一个陌生人说这么多话，但可能是因为从陆翩芸将他当成鬼的举动中，让他确认了弟弟还活着的这个好消息的缘故，他饶有兴致地听了足足十分钟。

颜小弯面无表情地跟覃洲木解释完前因后果之后，最后说道："所以她才会把你认成……赵教授的鬼魂。"

颜小弯平时极少一口气跟人说这么多的话，而且还是主动跟人说。只怪陆翩芸这个没骨气的，一顶乌黑的大帽子扣上之后，就一溜烟跑远了，只敢远远地坐在隔了四五张餐桌的地方看着他们。

但可能是因为见到了活生生的覃洲木的缘故，颜小弯的大脑皮层有些兴奋，跟刚喝了一大罐可乐一样。

她舔了舔嘴唇，抬头却恰好看到覃洲木似笑非笑的眼神，让她莫名又有些懊恼起来。

她果然还是……不会说话啊……

覃洲木微微一笑，清亮的眼笃定地看着她："你认识我？"

眼前小姑娘漂亮的眼睛因为这句话瞪大了一些，纤长的眼睫毛颤了颤，看起来有些无辜。她下意识地又舔了一下嘴唇，自然的红润比往日里司空见惯的瑰丽唇色要顺眼许多。

覃洲木依旧噙着笑端详着她，端详着她每一丝细微的表情，准备像往常一样，出其不意地一招制敌。

他覃洲木在五年前看似一朝获得了名与利，实则骤然坠入深渊。无数的嘲笑和指责和对他能力的质疑声包围了他，令他再无退路。

没有人能帮他解释为什么父母兄弟皆身故，只有他一个人活了下来，也没有人愿意帮他。

他只能一步步艰难地披荆斩棘而行，没有坚韧的意志力他是走不到今天的。

而颜小弯听到他的话,神情一怔,快速地从懊恼中惊醒过来。

她虽然不知道是哪里出了纰漏,但她明白,覃洲木在试探她。

她不会绕来绕去的说话技巧,只停顿了一秒就诚恳地回答:"是的,我以前在新闻上看过你,你最近的绯闻对象,我恰好看过她的新戏……所以我知道你不可能是赵教授的……"她停了一秒,才斟酌出这个词,"鬼魂。"

覃洲木一挑眉:"你怎么看待昨晚的鬼魂?和我真这么像?"

颜小弯心脏一缩,刻意放慢了语速:"太黑了,我没看清。"

"你不害怕那个所谓的鬼魂?"

颜小弯摇摇头:"我为什么要怕?我是无神论者。"

看起来毫无漏洞的回答,终于让覃洲木移开了目光。

他再也忍不住,一下子笑出声。

因为颜小弯僵着脸一问一答的样子,刻板得像回答老师的提问。

无形的压迫感骤然离去。

"那个……"颜小弯反常地磕巴了一下,眼神也有些躲闪,甚至有一丝红晕一点点地爬上她的脸颊。

覃洲木嘴角一掀,眼里冒出几分调侃:"什么?"

"你可以帮我要个签名吗?就是那个女明星的签名……我挺喜欢她的。"颜小弯不好意思地说。

覃洲木笑了。

他的手指在透明的玻璃上敲了敲，示意她看向窗外，好几个闻讯而来的学生正在楼下等着亲眼看看"赵教授的年轻版鬼魂"，这个年纪的学生们就是八卦啊。

"作为报答，帮我解释。"他口气听起来像是有些困扰，面上却丝毫看不出，而是自始至终都挂着笑意，"我很讨厌被人缠。"

一旁等了许久的服务员终于忍不住了，这位先生看起来非富即贵的，怎么约个女孩子老半天都不点餐？她几步凑上前问："先生小姐，你们到底要点什么？本店有……"

覃洲木用淡漠的眼神，看了那不识趣的服务员一眼，直到看得服务员心底生寒，将余下的话语生生咽了下去，他的笑容才一点点地漫上来，可一贯低沉清润的语调，说出的话却让服务员狠狠震了震。

"抱歉，没钱。"

"……"

Chapter 4

很高兴认识你,别有目的的小姑娘。
很高兴认识你,爆炸案的主犯嫌疑人。

这场动静颇大的风波,很快便偃旗息鼓。

一方面,是因为医学院好几个年纪大的教授急欲帮赵教授洗脱变为"鬼魂"的冤屈。赵教授为医学院贡献了一生,此刻他的遗体好端端地躺在解剖大楼的三楼,不能因为这种奇奇怪怪的流言就损了清誉。

另一方面,流言的传出者陆翩芸也站出来澄清,当晚不过是一场误会,她误以为赵教授的遗体放在二楼,所以把喝醉酒误闯入解剖室二楼的学生当成了赵教授的鬼魂。

这个理由也是颜小弯反复解释给陆翩芸听的,覃洲木并不是所谓的"鬼魂"。说得多了,陆翩芸也不由得产生了自我怀疑,或许真的是因为天太黑,自己迷迷糊糊记错了"鬼魂"的长相,这才误会了人家。

覃洲木自那天起,好像在鹤安市长住了下来,颜小弯时不时就能看到他的身影出现在医学院里。医学院向来不许外人参观，颜小弯很久后才知道，覃洲木之所以能畅通无阻，是因为他为医学院提供了不少赞助。

最为难得的是，他亲自带头，领着一众下属签署了遗体捐赠书……

颜小弯原本并没有注意到他的时常出现，却架不住每天上课时，都能听到不少对覃洲木犯花痴的声音：

"快看，快看，他又来了！"

"他是不是喜欢我们院的哪个女生？不然怎么总会过来？"

"他是不是喜欢我？哎呀，好害羞啊！"

……

颜小弯心思聪慧，很快就明白过来。覃洲木之所以经常出现，乃至他为学院所做的这一切，都是为了那天晚上突然出现的覃屿树。

而她，也迫切地想知道，到底谁才是当年爆炸案的主使。

就目前情况来看，覃洲木的嫌疑要远大于他的弟弟覃屿树。

她终于忍不住，反常地偷了一回懒，做贼一般小心翼翼地偏头瞄向窗外，正好看见覃洲木和学院里出了名的固执又古板的老教授聊天。也不知道聊到了什么，老教授笑得脸上的褶子开成了一朵花。

颜小弯不禁想，估计是覃洲木又大方地捐了一大笔钱吧……

这番情景落入同班女生眼里，又引发了新一轮的花痴。

"他真是一个幽默风趣的人，我喜欢！"

"真羡慕教授啊……"

……

覃洲木似有所感，漫不经心地朝这个方向看了一眼。那几个女生更加兴奋，不住地朝他招手。可她们的举动不仅没有吸引覃洲木一丝一毫的注意，反而成功惹怒了在讲台上上课的老师。

颜小弯被他的动作吓得猛地收回目光，手心开始冒汗，也不知道在心虚什么。

她眼睛重新聚焦在黑板上，心思却还在飘飘浮浮。她忍不住小声地骂了一句："颜小弯，你给我专心一点儿！"

这让离她最近的那个男生浑身一抖，他揉了揉眼睛，再三确认自己身旁的确是一向高冷的学霸后，悲愤地摇摇头。

连第一名都需要时刻提醒自己要专心，自己还有什么理由不努力？！

覃洲木作别了老教授后，没等多久就看到了独自走出教学楼的颜小弯。颜小弯所上的那门课历来下课很早，所以周围的学生并不多。

他走过去，然后在颜小弯稍显惊吓的眼神中，将一个信封递到她眼前。

颜小弯惊讶："这是什么？"

"亲笔签名以及亲手写的感谢信。"他说。

冯助理按照他的吩咐找那个新生代女演员要签名时，女演员好一番矫揉造作，正打算委婉答应时，冯助理又慢吞吞地提出了覃洲木的另一个要求——亲手写一封对粉丝的感谢信。

女演员的表情倏地僵硬了，她本以为这次覃洲木派人找她，是因为自己的一番勾引有了效果。她恐怕怎么也没想到，自己历来百战百胜的手段，在深不可测的覃洲木面前，分毫不起作用吧。

颜小弯嘴角抽搐了两下，却还是默默接过了信封。她当然不会承认，自己当时是为了取得覃洲木的信任，才谎称自己是那个女演员的粉丝的……

"谢谢。"她说。

"颜小弯。"覃洲木扫了一眼她的校牌，逐字逐句地念出她的名字。

这个颜小弯有问题，昨天的对话结束不久，疑心重的他就派人查了颜小弯的资料，发现她家世清白，和家人一直久居鹤安市，和自己的生活完全没有任何交集。

除了，她父亲是因五年前那场爆炸案而死。

经过冯助理的调查，给他发短信的手机卡的购买地址，也锁定在了鹤安医学院的周边区域。

这令他不得不开始怀疑颜小弯知道其中的内幕。他甚至几乎就要认定，颜小弯就是给他发送短信的人。

他的眼睛里浮起些许笑意，像是在寡淡的人生中重新找到了新的乐趣。

他微微俯身，勾唇，正式地自我介绍："覃洲木，很高兴认识你。"很高兴认识你，别有目的的小姑娘。

颜小弯也镇定地伸出手与他相握，清亮的眼微微弯起："颜小弯，很高兴认识你。"很高兴认识你，爆炸案的重大嫌疑人。

细碎的阳光星星点点地跌落在两人的眼里，空气中微小的尘埃一览无余,伴随着下课铃声,两人相视而笑,却各自怀着不同的心思。

而谁也察觉不到的暗地里,仿佛有什么东西在蛰伏着,蠢蠢欲动。

覃洲木这几日在学院造成的轰动,一心只记挂着徐倦的许桑娅是毫不知情的。

所以,当许桑娅提着一袋新鲜水果跑来找颜小弯,猝不及防地见到颜小弯与覃洲木在一起时,内心的极度震惊无法用言语形容。

她带笑的脸一下子变得苍白,也几乎要抑制不住喉咙里的惊呼。

她心底的恐慌越发扩大。

她下意识地想逃,眼睛却不受控制地死死盯住覃洲木和颜小弯所在的方向。她踉跄着后退几步,将自己的身影整个埋入黑暗之中,思绪霎时间被拉入五年前那场爆炸案之中。

她早已忘记了自己无意中向颜小弯透露过,覃洲木和爆炸案之间的关系。

她只知道,关于覃洲木、关于爆炸案、关于五年前的种种,是她不肯触及,拼命想要逃离的梦魇。

当她以为他已经葬身爆炸案,自己已经彻底与过去告别时,她却在电视上再次见到了那张脸。

那个男子温和的笑容、举手投足间的优雅姿态,与无数个深夜惊醒的噩梦重合在一起。

自此,她知道了他的名字——覃洲木。

他应该没脸再出现在鹤安市了吧?

许桑娅一边想着，一边下意识选择逃避，不去看任何关于覃洲木的新闻。

她原以为这样就能自欺欺人地度过余生，却没想到会如此措手不及地再次见到他。

许桑娅怕了，怕得全身发抖。

如果说，将她从爆炸案救出的徐倦是她此生追逐的唯一一缕温暖阳光。那么，将她与爆炸案紧密联系在一起，甚至在她的肩膀烙印下永远不可磨灭的伤痕的覃洲木，就是让本就人生一片灰暗的她，彻底坠入深渊的无尽噩梦。

Chapter 5

> 她受够了冷嘲热讽,
> 受够了这糟糕透顶的人生。

许桑娅十五岁那年初冬的温度很低,寒意顺着单薄的袖口一路蔓延到心脏。

她打了个喷嚏,揉了揉鼻子,又摸了摸空荡荡的口袋,本就不多的搭乘公交车的零用钱又被人偷了。没办法,她只好独自一人沿着长满芦苇的小河,慢吞吞地往儿童福利院的方向走。

此时,时间还早,还没到放学的点。

而她又翘课了,或许准确一点儿说,她即将被劝退了。

这几年,她就像一只陀螺一样不停地旋转,鹤安市的几所中学她通通都待过,但往往都待不了一个学期就会被劝退,原因都是寻衅滋事、打架斗殴。这是最后一所肯让她以陪读的身份留下的中学了,还是看在年迈的福利院院长的面子上才收容她的。

这次,估计又要让院长他老人家失望了,虽然有些歉疚,但是……

许桑娅冷笑两声，她真是忍够了！

　　就在一个小时前，她忍无可忍地用一瓶水浇湿了后座挑衅她的男同学，桌子上刚发下来的试卷也变得湿漉漉的。

　　男同学勃然大怒，与她在教室里推搡起来，很快，两人被老师叫去了办公室。

　　她当然不服："是他先骂我杂种在先！"

　　男同学冷哼一声："我又没说错，你不就是没人管的野杂种？！"

　　"你有本事再说一遍？！"

　　老师拍拍桌子，鄙夷地扫视她一眼，打断两人的争吵："好了，别说了。这里是学校，不是什么随随便便的地方。许桑娅你一个女孩子家家，戾气怎么这么重？他不过是开玩笑而已，你何必这么当真？不好好读书成天惹是生非，再这样下去，学校可容不下你……没家教就是没家教啊……"

　　听到"没家教"三个字，本就强忍住委屈的许桑娅再也按捺不住，她握起拳头。

　　她受够了同学们对她指指点点，也受够了老师看似关怀实则瞧不起她的趋炎附势的样子。

　　什么狗屁同学！什么狗屁学校！她真是忍够了！

　　她边走边不服气地骂着脏话，一遍遍咒骂那个家底殷实、横行霸道却没人敢管的男同学。冷冽的风刺激得她的眼眶有些发红，她狠狠抹了一把，暗自盘算着，十五岁的自己能去干些什么。

既然无法继续读书,那就去赚钱好了,她就不信了,自己有手有脚还能饿死不成。

她正想着,身后却突然传来一个男子的低笑声。她吓了一大跳,下意识地以为是班上恶作剧的男同学,可一回头,却与一双温柔的眼睛对上了。

她一下子怔住。

那是一个年纪不大的少年,他看起来十分怕冷,脖子上围着厚厚的围巾,穿着一件一看就价格不菲的大衣。他脸色有些许苍白,却丝毫掩盖不住好看的相貌。

那少年好像观察她有一阵了,他见她衣服有些破旧,看起来不大合身,孤零零的样子有些可怜。直到听到她冷不丁冒出的咒骂声,他才忍不住笑出声音来。

"你哭了?"那个少年问。

许桑娅一僵,警惕地后退几步,恶狠狠道:"关你屁事,少多管闲事!"

那少年好像听到了什么有趣的事情,忍俊不禁,笑着笑着又咳嗽起来。

许桑娅有些慌:"你有病吧你?别找我碰瓷!"

那少年好不容易止住咳嗽,笑着说:"我是有病啊,而且病得不轻。"

"……"许桑娅觉得自己无法跟他交流了。

"你是逃课了吧?我也是。"他自顾自地说,眼睛里的笑意很深,他病态的脸上带了点儿顽皮的意味,"逃课……原来是这种感觉哪……"

他自嘲地摇了摇头,将缠在脖子上的围巾取下来绕到许桑娅的脖子上,埋怨的口气像是相处了多年的老友:"你呀你,怎么穿这么少?不冷吗?"

许桑娅愣愣地摸着脖颈上的围巾,这种从没有过的温暖,让她一下子烧红了脸,连带着冰冷平静的心脏也疯狂地跳动起来。她躲闪眼神,下意识地想取下围巾,却越急越乱,怎么也取不下来。

"你这是干什么?神经病啊你?"她气急败坏又羞又恼地喊,"我又不认识你,你干吗无缘无故给我系围巾?我不要!"

"别取了,送你了。"那少年微笑着,苍白修长的手指按在许桑娅的手上。

"送我?你有毛病是不是?!"许桑娅如触电般狠狠甩开他的手。

可少年并没在意许桑娅的恶语相向。

"你愿意帮我一个忙吗?"他定定地望着她,漂亮的眉头轻轻蹙起,似乎有些无奈,"我实在找不到别的人了。"

许桑娅剩下的话哽在了喉咙里,她动作一滞,在对上那少年清澈的眼睛时,霎时间有些手足无措。

她本该毫不留情地丢下他示好的围巾然后转身就走,本该大骂他有病,他以为他是谁啊?他凭什么笃定自己就会帮他?可她却该死的……有些舍不得这难得的温暖。

是,她心软了,对一个完全不了解的陌生人。

或许，是因为她受够了冷嘲热讽，受够了这糟糕透顶的人生，才会下意识地向往温暖，并有所依恋吧。

她攥紧围巾，柔软的触感使她不由自主地收起了浑身的刺。

她鬼使神差般磕磕巴巴地问："是什……么事？"

少年一顿，转头深深看了一眼不远处高耸的百货大楼，眼里的怨毒一闪而过，再度回过头时，笑容却越发温和可亲。

"一个……小忙而已。"

Chapter 6

他身子晃了晃,轻声呢喃出一个熟悉又陌生的称呼:"哥……"

当天晚上,许桑娅没有回寝室。

作为她的室友,颜小弯早已习惯了她的神出鬼没,时不时就消失一阵子,估计不是去打工赚零用钱就是去哪里玩了,所以也没太在意。

她坐在台灯下,小心翼翼地拆开覃洲木给她的信,里面是一张精致的写真照,照片里的女人浓妆艳抹,认不出本来面貌。照片的右下角签着一个名字,字迹在颜小弯眼中实在称得上是潦草,她也认不出是什么字。至于那封所谓的粉丝感谢信,她更没兴趣看了,草草瞄了两眼就合上了。

这就是他的新绯闻女友啊,和前几个都是一个风格嘛,长得也差不多。颜小弯想。

覃洲木真是一个没什么品位的人。她默默总结。

刚从卫生间走出来的陆翩芸一把抢过颜小弯手中的空信封,打趣道："看什么东西呢，这么神神秘秘的？快让我看看。哎？这信是覃洲木给你的吧？下课的时候我都看见了。说，他怎么会突然写信给你？"

不待颜小弯回答，陆翙芸又自顾自地说道："难道他对你一见钟情不成？"

"怎么可能？"

"怎么不可能？"陆翙芸睁大眼睛，调侃道，"我们家颜小弯长得漂亮又是学霸，有追求者不是很正常的事情吗？"

"就算有追求者也不可能是他。"颜小弯说。

"为什么？"

颜小弯一顿，好像真的思考了一下，才说："你没看新闻吗，和他传出绯闻的都是大胸美艳型，你觉得我是这种类型吗？"

陆翙芸镇住了："嗯……好像确实是这样。"她的八卦之心冉冉升起，"仔细说起来，桑娅不就是这种类型吗？你说你说，他会不会喜欢桑娅？说起来好可惜，桑娅这几天又没来上课，都没机会见一见覃洲木……"

颜小弯垂眼，暗自庆幸，还好许桑娅没见到覃洲木，不然，不知道又会闹出什么风波来。

陆翙芸手舞足蹈地说着，笑闹间，一个不慎信封就从她手中脱手而出，以一个优美的弧线，掉到了窗外。

颜小弯默默看向她。

陆翙芸赶紧趴到窗边去看，她们所在的寝室在四楼，一眼望下去黑漆漆的，什么也看不见。

"抱歉抱歉，我这就下去捡。"陆翩芸吐吐舌头，懊恼地说。

"算了，没关系，一个空信封而已。"她已经随手把那个女演员的照片连同感谢信夹在了一本不常用的书里了。

"话是这么说……"陆翩芸还是有些犹豫，"但乱丢垃圾好像不太好吧？"

"……"

最终，陆翩芸还是决定换衣服跑下楼捡信封了。

覃洲木处理完几个公司的紧急事件，刚刚回到新购置的私人公寓，一场突如其来的急雨就倾盆而至。

他不由得有些庆幸自己的好运气。

桌子上的工作手机振个不停，他瞥一眼手机屏幕上显示着几十个未接来电，并不想理会，左右不过是些新闻媒体追问自己和那个女演员到底是什么关系罢了。

那个女演员在面对媒体时支支吾吾，顾左右而言他，摆明了就是要默认这起绯闻。

而他懒得解释，也懒得回复。

覃洲木回想起刚才冯助理向他汇报的昨日股东大会上的情况，不由得发出一声冷笑。

那群老古董，一方面不肯承认他在公司的领导地位，暗地里给他使绊子；一方面又要倚仗他在媒体的知名度，不断开拓市场。

随着覃洲木与各界关系越发亲密，他们越发需要"覃洲木"这块活招牌，所以如今面对覃洲木不出席股东大会的局面，他们也无法再指责些什么了。

股东大会水分越来越多，最后也只不过是为了定期监视覃洲木最近的动态罢了。

真是可笑。

"覃总……冒昧地问一句，您什么时候才会回公司？"汇报完所有事务后，冯助理还是忍不住问。

虽然覃总能力出众，分隔两地也能妥帖地处理好各项事务，再加上公司里有不少他培养的得力干将，有什么小事都能解决……但毕竟他是整个公司的领导者，本人长时间不在公司还是感觉怪怪的……

覃洲木默了默，问："出什么事了吗？"

"其实也没什么大事……"冯助理为难地说，"只是几家娱乐新闻媒体天天来公司门口堵，非说要采访您，我们说了好几次您现在不在公司，可他们非不听，非说要等到您回来。毕竟那个绯闻女演员正当红，所以大家都上赶着挖她的八卦……"

"既然如此，"覃洲木不紧不慢地说，"那就等他们兴趣淡了，我再回去。"

冯助理瞠目结舌："……"

她好像……又说错话了……

覃洲木挂断电话后，私人手机的屏幕上显示出一张照片。

两张一模一样的脸。

那是十七岁那年,也就是爆炸案发生的前几天,他和弟弟的合照。左边的他一脸不耐烦,右边的弟弟笑容灿烂而美好。

他本不是个爱照相的人,照片寥寥无几。那几天不知道怎么了,屿树非吵着要和他合照。不仅如此,屿树还态度强硬地将这张照片设为了他的手机屏保,甚至开玩笑说:"以后不许再换,看到这张照片就要想起我哟。"

弟弟一贯就这么黏糊糊地缠着自己,覃洲木也没太注意他稍显异常的举动,直到爆炸案的发生……

覃洲木找不到答案,而这几年,他即使换过无数次手机,这张照片依然是他唯一的手机屏保。

就好像弟弟还在他身边一样。

覃屿树尚未死亡,这件事目前并不适合公布于众。

屿树既然没死,这五年又为何一直音讯全无,不与自己联系?当年爆炸案的真相到底是什么,他很好奇,但更多的是担忧。

覃洲木不是没有私底下查过,但线索极其有限。爆炸案前的种种异样,让他的心底隐隐有不好的推测,他怀疑那起伤亡惨重的爆炸案,让养父母命丧当场的爆炸案与弟弟屿树有关。

他不愿相信。他怎么能怀疑自己的双胞胎弟弟?

所以,在事件尚未明晰之前,他只能靠自己的力量找出真相,找出不愿现身的弟弟……

覃洲木起身走至落地窗前，一把拉开窗帘，望着夜色中连绵不断的雨，脑海里浮现出一张青涩却没什么笑容的年轻面庞。

那个女人看似冷淡对周遭毫不在意，实则小心翼翼警惕的样子，让他对她的兴趣也越发浓郁。

"颜小弯……"他低低喊出这个名字。

雨越下越大，一个单薄身影却完全没有避雨的意思。

他伫立在雨中怔怔地望着私人公寓顶层亮着灯光的那个窗口。疾驰而过的汽车将泥水溅到他身上，他也不躲不让。

"神经病啊，你找死是不是！"

那个司机不耐烦地冲他吼，路本来就窄，这人还跟个傻子一样站在路中间，还好自己机灵及时打了方向盘，这才避开了他，否则……这大晚上的，真是晦气！

那个单薄身影裹了一件不算新的黑色大衣，大衣里隐隐露出里面蓝白条纹衣服的一角。他眼神闪了闪，乖顺地垂下头退后了几步，过长的额发挡住他的眼睛，甚至微微刺入他的眼珠里。

他手指发抖，狠狠抹了一把脸，拂开碍眼的头发和烦人的水珠。他手指的力道很重，苍白的脸上瞬间浮起一片异样的红晕。

他肩膀微颤身子晃了晃，极力压抑着咳嗽，隔了好久才轻声呢喃出一个熟悉又陌生的称呼：

"哥……"

Chapter 7

该死的人,是他。

夕阳西下,层层叠叠的晚霞铺满天际。

下班归来的徐倦端着刚刚出锅的热粥,敲了敲许桑娅的房门。

"门没锁,直接推就行。"房里的她说道。

徐倦一顿,缓缓推开门,映入眼帘的就是许桑娅乱糟糟的头发和一地的垃圾食品的包装袋。

她腿上放置着手提电脑,手里还抱着一包刚刚撕开的薯片,正在津津有味地边吃边看视频。

徐倦眉头皱起来,口吻是少见的严厉:"我同意让你暂时过来住,不是为了让你把我家弄成垃圾场的。"

许桑娅一愣,歉意地抓抓头发:"对不起,对不起,我这就收拾……"

徐倦见许桑娅准备起身去收拾东西,又轻叹一声:"我不是这个意思。"

他话语刚落,许桑娅拿到手里的东西就突然摔落在地,整个人也跟跄了一下,险些摔下床。

徐倦眼疾手快地抓住了她的手臂,力度却无比轻柔。

"还是这么毛毛躁躁。"他低声责怪,却看出了她因为长时间维持一个姿势,四肢已经僵硬了。

他揉了揉她麻痹的胳膊,问:"为什么不好好吃晚饭?"

许桑娅呼吸一滞,很怕惊扰了这片刻的温情。

她在徐倦松开手的那一刹那,乖巧地接过他递过来的粥,小声反驳:"你下班这么晚,我饿了当然只好叫外卖咯。"语气居然有些委屈。

徐倦面不改色地看着她:"厨房有新鲜的食材。"

"我不会做。我要是真动起手来,肯定会把厨房搞得一团糟。况且,我只想吃你亲手做的嘛!"许桑娅撒娇,那理直气壮的口气让人无法反驳。

徐倦向来是说不过她的,于是,只好闭口不再继续这个话题。

"你再这样翘课下去,会毕不了业的。"他说。

许桑娅满足地将最后一口粥吞入肚子里,才开口说:"你的课我明明都有去上,你不要污蔑我!"她眉眼弯弯,虽不施粉黛,看起来却明艳不可方物,"就算毕不了业又怎样?我才不想这么早就规规矩矩地毕业,我要一辈子赖在鹤安医学院,一辈子赖……"

"桑娅。"

"嗯？"

"到底发生了什么？"徐倦凝视着她的双眸。

许桑娅脸上的笑容一下子就凝固住了。

前几日，那个暴风雨交加的夜晚，许桑娅失魂落魄地跑来他家敲门。

她全身已经被雨淋透了，脸色也惨白得更吓人。除了将她救出爆炸现场那次外，徐倦从没见过她这么落魄的样子。

许桑娅向来惯于隐藏自己的内心想法，不管怎样都是一副笑嘻嘻的样子，所以当他骤然看到她软弱的姿态时，不由得心惊。

他赶紧找来毛毯给她披上，可当晚不管他怎么问，她都不肯说话。那眼睛泛红的倔强模样，让感情一贯淡薄的他，没来由地有些心疼。

没有办法，徐倦只好将空房间收拾出来让她休息。可一夜过后，精神恢复了大半的她便一赖不起，说什么也不走了。

"到底发生了什么？"徐倦耐心地再次询问。

"你是在担心我吗？"许桑娅反问。

徐倦垂眼接过空碗，表情没有一丝一毫的变化："作为老师，我当然会担心我的学生。"

"哦。"许桑娅有些失望，她轻轻扯了扯嘴角，敷衍道，"没什么，和室友闹了点儿矛盾，心情不好而已。"

她不想告诉他。

意识到这一点的徐倦突然有些烦闷，他淡淡地说："那好吧。"

然后起身出门。

但在门即将掩上的那一刹那,许桑娅又出声喊住了他。

"徐倦。"

徐倦停住了脚步,并没有回头。

她的声音有些疲倦和沙哑,还有一丝莫名的无助:"徐倦,我问你,如果……你以前无意间做了一件错事,那件事折磨得你日日不得安生。好不容易你以为这件事过去了,可是、可是……我的意思是,你能原谅自己吗?你能放下吗?"

徐倦沉默了好几秒,不知想到了什么,极轻地叹息一声,才答:"能。"

门被关上。

许桑娅愣愣地坐在床沿,脑子里一片杂乱。

能。

徐倦说能。

她最信任、最依赖的徐倦说能,那她……

这时,门外又传来敲门的声响,不知出于什么原因,徐倦还没走,他按在门把手上的手指微微收紧。

"换身衣服,带你出去走走,整天闷在房里不好。"

他温润的嗓音让许桑娅低沉的情绪一下子好转起来。

"给你五分钟。"他说。

许桑娅的笑脸微微绽开,明知道门外的徐倦看不到,却还是用力地点头。

"好,等我,我马上就好!"

或许,她真的可以抛开过往,抛开那将她压得喘不过气来的负罪感。

覃洲木再度出现了又如何?

当年……当年分明就是他一手策划了爆炸案。

是他对不起所有无辜死去的顾客,是他对不起自己。

该死的人,是他。

该坠入深渊的人,也是他。

Chapter 8

"你真看不出来吗?"
他兴致盎然地挑了挑眉,"我是在追你。"

鹤安医学院和往日一样,校园里到处是抱着书匆匆赶往各个教室上课的学生。

颜小弯的心境却和往日完全不同了。

她本该在解剖室里开始新的课程,现在却正陪着身旁那个无所事事的人到处闲逛。

简直糟透了!

由于覃洲木对鹤安医学院做出的贡献,院长特许他参观学院的人体标本陈列室,美其名曰"深入了解医学院"。

不仅如此,他还特意安排了成绩出类拔萃的颜小弯陪同讲解。

不过,这究竟是学院方面安排的,还是覃洲木自己提出的要求,颜小弯就不清楚了。

总之，天大地大，衣食父母最大。

覃洲木人傻钱多，心甘情愿做贡献，她总不能阻止他。

颜小弯不得不请假陪同这位"衣食父母"参观，虽然她内心愤懑良多。

她其实不明白，他为什么会想参观这种地方，毕竟对大部分不学医的普通人而言，这种地方还是怪瘆人的。

不过，有机会与他多多接触，对她说不定也是件好事，也许能套出什么讯息来。

除了和室友关系不错外，颜小弯习惯了独来独往，以至于她一时间并不知道该怎样和一个不太熟悉的人接触。

两人走进人体标本陈列室，颜小弯一本正经地指着最靠近门的大罐子解说道："相信不用说你也能看出来，这个罐子里陈列的是人类的大脑。它的捐献者是学院一位非常受人尊重的老师……"

覃洲木散漫的目光一一扫过室内一排排透明的罐子，好像对这些并不是很感兴趣。他随口问："我死了以后是不是也会制作成标本，出现在这里？"

颜小弯想起他签署了遗体捐赠书这回事，说："不一定，制作成标本的话，必须有一定的成就才够格，陈列在这里的大多是为学院奉献了一生的老教师……"她打量覃洲木两眼，见他一副衣冠楚楚的贵公子做派，"你比较有可能作为大体老师供学生解剖使用，这样也是贡献巨大，非常了不起的。"

覃洲木闻言微怔，靠近她几分，语气里莫名带了些蛊惑的味道："如果是解剖的话,我只情愿让你一人解剖。"

颜小弯退远一步,耿直地摇摇头:"等到你自然老死,捐赠遗体那会儿,我肯定早就退休了,老眼昏花,不会再从事医学相关的工作,也不会再干解剖。所以,你的愿望肯定实现不了……哦,当然,除非你死于非命。"

覃洲木显然没想到她会这么回复,觉得有些好笑。

"你真看不出来吗?"覃洲木兴致盎然地挑了挑眉,"我是在追你。"

追我?在气氛这么凝重的标本室,面对着许多零零散散的器官,闻着刺鼻的福尔马林的味道……分手都不至于选在这么不合适的地方吧?

颜小弯愣了愣,却丝毫没有害羞,而是认真地盯着覃洲木的眼睛,一字一顿地说:"我看不出来。"

"哦?"覃洲木笑了,"看不出来?"

颜小弯皮笑肉不笑:"你这么说,让你的演员小女友情何以堪?"

"演员?小女友?"覃洲木笑意越浓,"你很介意这个吗?"

"……"

"这都什么跟什么?"颜小弯无语地推开挡在自己面前的覃洲木,"你可能误会了,我并不关心你的私生活,只是想知道被传绯闻的感觉怎么样。"

"是吗?"

"对,所以你别再开玩笑了,一点儿也不好笑。"

"不信就算了。"他漫不经心地别开眼低笑，打趣道，"有没有人说过，和你说话，容易被你噎死？"

颜小弯一顿："没有。"

覃洲木再也忍不住，"扑哧"笑出声来。

颜小弯不再搭理他，本着尽职尽责的原则，她刚准备讲解另一个大罐子里的器官，覃洲木却突然转开了话题。

"听说，五年前鹤安市发生了一起爆炸案。"

他绕过排列整齐的木架，随手拿起最靠近手边的小罐子，仔细审视着浸泡在里面的一截手指。他唇畔边明明还带着笑，眼睛里却已是冰凉一片："你有没有听说过？"

颜小弯身形一顿。

覃洲木不徐不疾地继续说道："我还听说，那年你们医学院好像收纳了不少在爆炸中炸得面目全非无人认领的残缺尸体吧？你说，这间房里会不会就有当年的尸体？"

他此时此刻的话落入颜小弯耳里，像极了挑衅。

颜小弯心跳加速，浑身冒出寒意来。

他难道又在试探自己？

颜小弯开始懊恼自己为什么没有一副好口才了，她不知道该怎样插科打诨糊弄过去，甚至有些语塞。

"那时候我才读初中，"颜小弯沉默了好一阵，才僵着脸说，"所以并不是很了解医学院的事。如果你真的想知道传言是否属实，我建议你去问问学院里的老教授，他们肯定很乐意帮你解惑。当然，前提是你又得捐一大笔钱。"

覃洲木看她一眼,轻笑一声,一字一顿道:"我不是在说医学院,我是在说爆炸案。"

"爆炸案"这三个字就像一声闷雷砸在颜小弯的心上。

她的脸色霎时间一片苍白。

医学院的人体标本陈列室除了偶尔上课需要观察研究外,基本不会有人来。而现在本就是上课时间,到处安安静静的,里面两个人的对话谁也没有听见。

颜小弯有些拿捏不准覃洲木的心思,索性保持缄默。

一时间,两人谁也没有说话,气氛紧绷得很。

隔了许久,覃洲木才不以为意地笑了笑:"我就随口问一问而已,想必你也看过新闻,我的父母和弟弟都是死于那场爆炸案,尸骨无存。所以,我想了解了解当年爆炸案的一些详情。"

颜小弯不着痕迹地松口气,覃洲木情绪太多变,她有些摸不准。

但她明白一点,那就是多说多错,对笨口拙舌的人而言,少说甚至不说才是最好的选择。

"其实……"她开口。

"嗯?"

"其实不只是学院的老教授,如果你真的想知道的话,那些常年打扫解剖楼的保洁人员,应该也能解答你的疑问。"

覃洲木轻笑:"算了。"

他神色变得淡漠起来,好像刚才的暧昧和咄咄逼人通通都没有发生过一样。

"我已经参观得差不多了,我们走吧。"覃洲木淡淡地说。

颜小弯见状,也不再多说。她放下手中的罐子,带上门,跟着他一起走出了人体标本陈列室。

两人走下楼梯,再往右走是解剖楼的方向,颜小弯停住脚步,正色道:"既然你主动结束参观,那以后院长问起来,你不要赖我,可不是我敷衍了事。"

覃洲木轻轻挑眉:"我是这种人?"

颜小弯面不改色:"难道不是吗?"

楼梯上突然传来脚步声,覃洲木微微一笑,突然俯身将颜小弯笼在阴影里。

他眸中暗芒一闪,声音有些低哑:"是你给我发短信,引我过来的,是不是?"

"什么短信?"颜小弯一愣,她被这个突如其来的古怪问题给问住了,一时忘了挣脱出他的束缚。"你在说什么?"

覃洲木并没回答她,只是戏谑地笑着看她,目光似打趣又似审视,似乎在观察着她此时此刻这惊讶的表情有几分真几分假。

"颜小弯?"熟悉的男声自不远处响起。

颜小弯眼睛蓦然睁大,扭头望着那个刚刚走下楼梯一脸诧异的男人,突然意识到此刻和覃洲木的动作是多么引人遐想。

她飞快地推开覃洲木,尴尬得连想死的心都有了。

她的脸红一阵白一阵,声音细若蚊蚋,简直要欲哭无泪了。

"徐老师……"

徐倦正准备走过来,却被身后几个追着问问题的学生缠住了。

学生们看见颜小弯和覃洲木在一起,表情也显得十分讶异。徐倦见状,不得不带着学生离开了。

待徐倦和脸色古怪的学生们离开后,覃洲木嘴角噙笑,丝毫没有悔改之意。

"开玩笑而已。"他随手揉了揉颜小弯的头顶,丢下一句"被传绯闻的感觉怎么样"后就离开了。

敢情他还记着刚才自己嫌弃他传绯闻那回事?摆明了就是想看她出糗!

他这个人怎么这么恶劣!

颜小弯脸色更难看了,她加快脚步往解剖楼的方向走,一时也忘了追问他口中的短信是怎么一回事。

Chapter 9

"你说……你和覃洲木到底是什么关系？"

徐倦所教授的课程大多在上午，但他每天都是下午五点才会回家。

因为，他除了在学院任课外，还是本地一家知名医院的特约医生。他为人亲和，医术不错，病患们很喜欢他。所以，不管再怎么辛苦，他每个工作日都会空出两个小时左右的时间，到医院就诊。

他看的是精神科。

他所处理的病情，比一般身体上的毛病要特殊得多。

徐倦忙碌了一下午，终于送走今日最后一位预约病患。他有些疲倦地按了按额角，目光停留在放置在桌子上的病历单上，思绪却飘回了上午。

那时，他刚刚结束一上午的课程，打算解决完几个学生的疑问就离开学院，却正好撞见品学兼优的颜小弯与绯闻缠身的覃洲木在一起。

颜小弯这种学生，老师们对她都有很深的印象。

而他对颜小弯的印象，恰恰就是刻板的"品学兼优的好学生"。她与大多数大学生不同，谈恋爱、泡吧、通宵唱K什么的与她通通无关。

她从不迟到早退，上课认真听讲，一有不懂的地方就会在课后提出来，不会不懂装懂敷衍了事，她作业完成得也是最好的。她的生活里好像永远只有两个字，那就是学习。

所以，当他看到标签鲜明的颜小弯和本不该与她有交集的覃洲木在一起时，他不由得有些惊讶了。

因为，覃洲木是更加标签鲜明的人物。

只不过，大多是些负面标签罢了。

颜小弯与许桑娅完全不同，徐倦脑海里不由自主地得出这个结论。

想到许桑娅，徐倦又突然想起，她昨天信誓旦旦声称自己从网上下载了菜谱，已经学习了好几道家常菜的做法，今晚一定能给他做一桌子好吃的。

一想起她兴致勃勃摩拳擦掌的样子，他就忍不住弯了弯唇，纵使他口头上绝不肯承认，但事实上，他隐隐有些期待今晚了。

徐倦关掉电脑，脱下白大褂，刚打算收拾东西下班时，一位年轻的护士急促地敲了敲他的办公室门。

徐倦动作一停，微微闭了闭眼，显然猜到了护士将要说什么。

"请进。"

"徐医生，徐医生！"

那年轻的护士推开半掩的门,急得满头大汗,明显是实在没有办法了,才来麻烦徐倦。

"什么事?"

"徐医生,那位先生……非说他的头痛又犯了,我们怎么劝也不听。还有那个心智不成熟的阿康,也一直吵闹个不停……麻烦您赶紧去瞧瞧吧。"护士几乎要哭出来了。

徐倦无奈地揉了揉太阳穴:"他们今天的药吃过了吗?"

"吃过了。"

徐倦起身随着那护士走了出去,先前脸上挂着的浅浅笑意已经一下子消失得无影无踪,眉头紧紧地皱在一起。

精神病患者出现紧急状况,身为主治医生的他肯定不能按时下班了,大概又得忙到深夜了。

他无可奈何地叹息,估计又要辜负许桑娅的一番心意了。

许桑娅将最后一道菜端上桌,虽然卖相不是很好……但至少是她亲手下厨做的呀,而且是第一次!

不管怎么说,她非逼着徐倦吃光不可!

可这时,她却接到了徐倦打来的电话,得知他不能及时赶回来的消息。

许桑娅的心一下子沉入谷底,她试图挣扎一番,说:"既然这样,我给你送饭好不好?你在哪家医院?我去找你怎么样?"

电话那头隐隐还传来争执的声音,徐倦明显忙得不得了。

许桑娅心里一沉。

果不其然，徐倦拒绝了送饭，还让她不要等，自己先吃就好。

许桑娅想了想，没有办法，总不能让徐倦吃残羹冷炙吧。但这满满一桌子菜一个人吃不完，倒掉又可惜。

于是，她当机立断，打定主意，喊来了自己的两个室友一起共进晚餐。

陆翩芸一进屋就啧啧称奇："桑娅……这里是徐老师家吧？徐老师人呢，怎么不在？我说你怎么最近不回寝室住了，敢情是和……"

许桑娅截住她的话头："别胡说八道，我和徐倦，我和徐老师是纯洁的关系。"

陆翩芸一脸不相信地说道："得了吧。纯洁的关系，他会让你住进他家里？再说，徐老师虽然年龄上算不上小鲜肉了，但至少一直是单身啊，而且洁身自好！你们男未婚女未嫁的，有什么好遮遮掩掩的？"

许桑娅拍掉陆翩芸到处乱摸的手："我说是纯洁的关系，就是纯洁的关系，他当年救过我一命，你们又不是不知道。"

陆翩芸嗤一声，不再想入非非地和许桑娅纠缠这个问题。

陆翩芸身后、正在换鞋子的颜小弯心头一跳，她想起爆炸案，再联想到覃洲木和许桑娅的纠葛，不由得一阵头痛。只觉得这一桩桩事情太过复杂，怎么捋也捋不清。

陆翩芸率先跑到桌子旁，嚷着："饿死了，饿死了。"她尝了一筷子疑似萝卜条的菜，还没嚼两口她就苦着脸吐了出来，"呸呸呸！许桑娅你是要谋财害命吗？我说你怎么这么好心，突然做饭给我们吃，这个萝卜条也太硬太咸了吧！"

许桑娅的脸一下子黑如锅底。

颜小弯默默伸出筷子，也夹了一筷子放入嘴里，细嚼慢咽了好一会儿，才笃定地说："这肯定不是萝卜条。"

许桑娅笑容绽开，可还没维持两秒，颜小弯又接着说："这红薯干味道还不错。"

许桑娅扶额，挫败感油然而生："这是土豆丝。"

知道自己的第一次下厨以彻底失败告终，许桑娅不由得开始庆幸徐倦今天加班，逃过一劫。

反正以后有的是机会，做饭给徐倦吃。

"算了，算了，别吃了，徐……徐老师家里有几瓶别人送的，价格死贵死贵的红酒。听说他不爱喝酒，咱们把它喝了怎么样？"

陆翩芸眼睛噌地亮了，口里却还推辞："就这样喝徐老师家的酒，不太好吧？"

"没关系，他又不知道我们今晚会来玩，就算知道了，肯定也会让我们把这儿当自己家的。"许桑娅说。

"好好好，喝起来！"

颜小弯果断摇头："你们喝吧，我不喝酒，我喝不了酒。"

两个小时后，陆翩芸醉得不省人事，躺在沙发上睡得正香，而许桑娅则揽着颜小弯的肩膀坐在阳台的地板上晒月亮,她脸色酡红,媚眼如丝。

"啊……小弯你快看,天上有两……三个月亮!"

颜小弯眨眨眼,也望向夜空:"许桑娅你喝醉了。"

"我才没有喝醉……"

颜小弯眉头一皱,一手按在许桑娅的肩膀上,一手认真地指了指月亮:"你真的喝醉了,那明明是太阳!"

许桑娅哈哈大笑起来:"小弯你……你当真不能喝酒啊……"

颜小弯迷迷糊糊地跟着一起傻笑,只觉得头重脚轻,意识模糊,马上就要昏睡过去了。

耳旁的许桑娅却还在断断续续地喊她的名字:"小弯,小弯……"

"嗯?什么……"她下意识地应声。

许桑娅几乎整个人都要趴在颜小弯身上,她嘴角的弧度越来越大,微微眯起的眸子亮得吓人。本就说话直接的她,在酒精的作用下,更是带着些咄咄逼人的味道。

"你说……你和、和覃洲木到底是什么关系?"

Chapter 10

他绝不允许世界上任何人伤害自己的哥哥。

覃屿树做了一个很长的梦。

在梦里,他依然是那个成绩优异、乖巧懂事、父母引以为傲、哥哥宠爱包容的覃屿树。

在梦里,他拥有外人艳羡的、无比幸福的家庭。

从记事起,父母就一直对他束缚良多。家庭的氛围也是规规矩矩的、冷冷冰冰的。他虽然没有感受过正常家庭应该有的温馨和亲昵,但好在他还有哥哥。

父母收养了他们两个,他很感激;父母带着体弱的他全国各地到处求医问药,他也很感激。

但是……

"屿树,你可千万不要像你哥哥那样,整日吊儿郎当的。你要好好念书，以后继承和发展家族产业就靠你了……"

"屿树，今天的宴会你就别去了，爸妈给你找了新的家教老师，你安安心心在家学习。还有，记得按时把药吃了，私人医生在二楼，你哪里不舒服就喊他……"

"屿树，你别天天和你哥哥在一块儿鬼混，他不上进你也要跟着不上进吗？"

"屿树！"

……

最初听到这些叮嘱时，他会乖巧地应上几句。但他们说得多了，他也听得烦了，便也生出些逆反心理来，忍不住想替哥哥反驳几句。

他不明白，明明自己和哥哥是双胞胎兄弟，都是父母的养子，为什么父母会要区别对待。就因为哥哥贪玩散漫吗？就因为哥哥整天肆无忌惮地逃课吗？

他不明白父母为什么要用那些标准轻易地去评判哥哥。

因为在他心目中，哥哥是最伟大、最耀眼、最值得崇拜的存在。

他性格没有哥哥那么强势和张扬，再加上身体不好，常年吃药，常常会受到一些惹是生非的学生的排挤。

"家里有钱又怎样，还不是收养的，要是他们养父母有了亲生孩子，肯定会毫不留情地把他们抛弃吧？"

"病秧子一个，他的养父母是可怜他活不长了，才对他这么好吧？哈哈哈哈！"

……

这些恶毒的言语，他从来不敢和养父母说，也不敢和朝夕相处最亲密的哥哥说，他怕他们口中的一切会变成事实。

他变得越来越自卑，越来越孤僻。

某次，哥哥来接他放学时，听到了那些羞辱他的话，毫不犹豫就替他出了口气，揍得那些嘴碎的人再也不敢说了，还反复向他道歉。

他原本是很讨厌打架的，因为在他固有的观念里，他觉得那些打架滋事的人嘴脸都很丑恶。直到哥哥替他出头，他才恍然间发现，能肆意抒发情感是一件多么帅气的事情。

当哥哥对他隐瞒这件事心生不满而责骂他时，他心中却生出了一种从没有过的畅快淋漓感。

这世上，他最黏的人是哥哥，最崇拜的人是哥哥，最爱的人也是哥哥。

他想就这样安安稳稳地和哥哥一起生活下去。

哥哥学习差劲？那我好好学习，以后辅佐哥哥就好。

哥哥性子顽劣？那我就在父母面前听话一点儿，给哥哥减轻压力。

"砰！"

刺眼的灯光亮起，明晃晃地照映着他的脸。

身旁有无数人影在晃动，他不知道那群人在说些什么，因为他们的声音忽大忽小，吵得他头疼。而他感觉自己一会儿置身极寒之地，一会儿身处烈焰之中，忽冷忽热，无比难受。

他的眉头痛苦地皱成一团，眼睛却怎么也睁不开。

梦中所有的影像渐渐扭曲成一团，就像他糟糕的人生一样。

震耳欲聋的爆炸声、遮天蔽日的火光、凄厉绝望的求救声……还有，那个和自己很像的姑娘……

最终，所有人的脸都变成了哥哥的脸。

那时候，他的脑海里只剩下一个念头——他绝不允许世界上任何人伤害哥哥，他要保护不知内情的哥哥！

哪怕这样做，会毁天灭地，让他的双手沾满血腥，甚至会让他葬身爆炸之中，他也愿意。

只要，他的哥哥能安稳度过这一生。

Chapter 11

当年到底发生了什么，让她这么避之不及？

徐倦忙碌了一整晚，回到家时已经是深夜一点。

他眼底有一圈浅浅的乌青，一副奔波疲惫的样子。而迎接他的却是亮着灯的、弥漫着酒味的屋子和呈咸鱼状瘫倒在沙发上的陆翩芸。

他目光一扫，就看到了阳台上吹着冷风的两个身影。

颜小弯听到门口传来转动钥匙的声音，终于松了口气，她眼睛清亮，回头轻声喊："徐老师，您终于回来了。"

徐倦搁下公文包，快步走过来，扶住伏在颜小弯腿上睡着了的许桑娅。当他看到许桑娅脸颊微红的睡颜时，一贯冷淡的他，眼中有怜惜一闪而过。

"怎么喝成这个样子？"他问。

颜小弯一边捶着已经麻掉的大腿，一边答："桑娅说您不爱喝酒，让我们替您通通都给干掉,她们两个就不小心喝多了。"

颜小弯不会喝酒,喝了两杯就晕晕乎乎的,走路都走不稳了。她说什么也不肯再喝,这才躲过了一轮又一轮的灌酒,所以她虽然迷糊了好一阵,但比她们更快清醒过来。

之前,颜小弯佯装喝醉,躲过了许桑娅的质问。如今清醒后,仔细一推敲,她不由得又生出几分疑虑。

许桑娅是什么时候知道自己认识覃洲木的?

难道最近许桑娅翘课的频率越来越高,就是因为覃洲木的出现吗?

当年到底发生了什么,让许桑娅这么避之不及?

站在一旁的徐倦看着醉醺醺的许桑娅,眉头一蹙,倏地明白过来,这姑娘在和他赌气。

她是故意的,明知道名酒收藏是自己为数不多的爱好,还将自己藏了好多年的酒翻出来喝掉,分明是在埋怨自己不肯让她送饭。思及此,徐倦颇有几分无奈。

怎么这么大了,还犯小孩子脾气?

他弯腰,手臂用力,将许桑娅打横抱起。

骤然接触到陌生的怀抱,许桑娅下意识地挣扎,她虽脑袋昏沉一片,眼睛也睁不开,但从小到大养成的警惕性犹在。

徐倦丝毫没有不耐烦,他靠近她耳畔,嘴唇一抿,低低吐出两个字:"是我。"

话音刚落,许桑娅就安静下来,全身的力道一卸。

　　许桑娅下意识的信任,让徐倦的表情柔和了几分。

　　他绕过地上七零八落的空酒瓶,眼光扫过餐厅桌子上几乎没怎么动的菜时,唇线轻轻向上扬起。

　　他停住脚步,偏头对颜小弯叮嘱:"时间不早了,今晚你们暂时在这儿休息吧,我打地铺。"

　　颜小弯想着现在的时间段的确不好打车,自己带着彻底醉倒的陆翩芸很不方便,便也不推辞:"好的,麻烦了,徐老师。"

　　徐倦微一颔首。

　　"那徐老师,我们今晚睡哪里?"颜小弯一边费力地扶起沙发上的陆翩芸一边问。

　　徐倦一顿,思考了几秒,这才朝颜小弯示意了下许桑娅这几天睡的客房的位置,然后径自抱着许桑娅进了自己的房间。

　　许桑娅的睡姿很不老实,她刚一触到床就翻了个身,用被子将自己整个裹住,眼睛掀开一条缝,迷迷糊糊地喊:"徐倦?"

　　徐倦面色不改,盖被子的动作却轻柔了几分:"嗯,我在。"

　　许桑娅眉头一松。

　　徐倦低声说:"下次别再喝了。"

　　许桑娅没说话,双眼合上,显然已经沉沉睡去,根本没听到他说了什么。

　　徐倦嘴角微挑,继而补充道:"会醉。"

等徐倦从房里出来时，颜小弯也已经将陆翩芸扶到了客房的床上，此刻正在打扫屋子。东倒西歪的空酒瓶被她整整齐齐地摆成一排，像等待检阅的士兵。

"你去休息吧，这里我来收拾就好。"徐倦道。

颜小弯停下手中的动作，踌躇了一阵，蓦然发问："徐老师，您对桑娅到底是什么样的感情？"

看徐倦脸上有一闪而过的惊讶，她又补充："我们一直都知道桑娅喜欢您，想必您比我们要更加清楚这一点，您到底对她……"颜小弯有些说不下去了。

徐倦脸上的表情恢复了平静，走过来和颜小弯一起收拾。

"她是我的学生。"徐倦说，"当年的事情你们应该也知道，她孤苦无依，只不过是下意识依赖我罢了。"

想到这里，徐倦无奈地笑了笑。

"这个毛病是该改掉了。"徐倦轻叹一声。

两人沉默下来，颜小弯心里五味杂陈，不知道该替桑娅难过还是松口气。如果桑娅和徐老师住在一起的事被传出去，恐怕会造成不可预估的糟糕影响吧。

隔了好久，徐倦才转开话题："对了，老师看到你和最近学院里很火、名气很大的那位先生在一起。"

"徐老师……"颜小弯睁大眼睛，想解释却不知道该从何说起。

徐倦微微一笑："老师看过他的新闻，他风评不是很好，你和他不要走得太近了。"

原来是关心自己，颜小弯松了口气。

"好的……"

"还有。"

"什么？"

"明天带许桑娅一起回学院吧，她长期住在我这里，不合适。"徐倦说。

次日。

徐倦本以为许桑娅会继续死赖着，找各种理由不肯走，却没想到她听了颜小弯的转述后，神色平静地收拾完东西，便跟着颜小弯和陆翩芸一起离开了。

她离开前还跟徐倦开玩笑说："等我练好了厨艺，就来给你做好吃的！"

徐倦闻言只是笑笑。

陆翩芸倒是好奇得很，一出门，就开玩笑般地追问许桑娅为什么舍得离开了，为什么不乘胜追击。

许桑娅只是没好气地翻个白眼："早说了我们是纯洁得不能再纯洁的关系，你胡思乱想什么呢……我们之间啊，不可能的。"

我们是不可能的。许桑娅默默在心里对自己说。

这几日，因为许桑娅在他家住的关系，徐倦推掉了好几个私人聚会，就是怕其他老师看到许桑娅，惹人非议。

他是这样一个洁身自好的人啊……所以,她也不想让徐倦太为难。

她本想着亲手给他做一顿饭,努力一把,让他念念不忘,然后就在这几日搬回寝室去住的。

谁知道还是错失了良机。

至于乘胜追击,她从来都没有胜过,又谈何乘胜?

三人到达学院走下出租车时,陆翩芸还在跟许桑娅聊八卦,而颜小弯是第一个看到覃洲木的人。

覃洲木的嘴角噙着一抹常见的笑容,正和一个陌生女子一同从校门口走出来。

陆翩芸是第二个看到覃洲木的,她兴奋起来,连忙去拉许桑娅:"桑娅你快看,他就是那个被我误认成鬼魂的先生。这几天你不在,都没见过他吧?"

许桑娅嗤一声,打趣道:"这也能误认为?你可真逗……"声音戛然而止,她在转头看过去的那一瞬,整个人愣住了,心陡然一沉。纵使她已经打算抛开过往,不再和往事纠缠,但她显然没料到会这么快和覃洲木正面碰上。

她心底的怨恨和恐慌突然一下子爆发出来。

而颜小弯在那个瞬间,脑子里也蹦出多个念头,但当她抛开一切思绪,想要躲开时,已经来不及。

覃洲木已经看见她了。

"颜小弯。"

覃洲木走过来，却没看许桑娅一眼。他像根本不认识许桑娅一样，只是眉峰微挑，笑意不减地打量着颜小弯。

他见她身上穿的还是昨天的衣服，道："昨晚一夜未归？"声音里带着似有若无的讥讽。

覃洲木话音刚落，他旁边的冯助理就愣住了，开始惊讶地打量前面这个表情严肃的女生。

覃总怎么会知道她一夜未归？！

冯助理是昨晚从银星市抵达鹤安市的，一来，公司有一份重要的紧急文件需要覃洲木签署；二来，公司对学院的捐献也不是覃总一句话就能决定的，还有许多琐碎的事情需要处理；三来，覃洲木好歹也是个老总，身边一直没有助理照顾也太说不过去了吧。

冯助理觉得自己责任重大，所以就过来了。

可她不明白，覃总为何昨晚一夜未眠，今天还要一大早地跟着她来学院视察呢？

那时，她有些感动，好心地劝道："覃总您就好好休息吧，我一个人去学院就好啦，您真没必要跟我一起去的……"

现在想想，她真想打自己的脸，原来覃总不是为了她，而是为了别的姑娘啊……她又自作多情了。

此时站在另一边的两人……

"你找我有事？"颜小弯问。她此刻并没有关注覃洲木，她的整颗心都放在一旁的许桑娅身上，她有些担忧性子冲动的许桑娅会做出什么过激举动。

可许桑娅却一句话也没有说,垂着眼无比平静,不知道在想些什么。

这微妙的气氛只有实实在在的局外人陆翻芸不知情。

陆翻芸不识趣地插进话头:"覃先生你又来医学院找小弯是吗?我们昨晚……"她顿了顿,一脸促狭地笑着,"还是让小弯自己跟你说吧,我们就不当电灯泡了。"

陆翻芸伸手想拉许桑娅一块儿走,许桑娅却立在原地没有动弹,陆翻芸愣住了。

"桑……"

覃洲木也感觉到了异样,若有所思地看着许桑娅。

几人陷入了古怪的沉默之中。

最先反应过来的是冯助理,她虽不是特别机灵,但也瞧出了气氛的古怪。她看看这个,瞧瞧那个,脑补出了十万字的狗血三角恋剧情。

她主动上前拉住蒙了的陆翻芸:"你是这个学院的学生吧。我是覃先生的助理,初来乍到,还不是很熟悉,你可以带我参观一下学院吗?还有,你们学院附近有什么好吃的吗,也可以给我介绍介绍……"

"哎?"陆翻芸十分惊讶。

待冯助理拉走陆翻芸后,覃洲木嘴角的笑意渐渐消散,眼中暗含审视:"你是?"

许桑娅脸色微微发白,太阳穴隐隐有青筋暴起,好像费了很大的力气,才控制住自己的情绪。

过往涌上心头,她的眼眶一下子通红,咄咄逼人道:"怎么,不过五年不见,这么快就忘了我吗?"

覃洲木的表情越发古怪,他思忖了好一阵,确认自己并不认识她后,猜测道:"你是许桑娅?我听屿树说起过你。"

Chapter 12

难道对当年爆炸案知情的人，除了他们外，还有另一个人存在吗？

　　覃洲木、覃屿树，原来这个世界真的有两个长得一模一样的人存在。

　　许桑娅坐在茶餐厅里，听了覃洲木的一番说辞后，开始她并不相信他，她以为这是他逃避曾经的借口，直到他将他手机上的照片给她看时，她才彻底明白过来。

　　记忆与现实重合，当年引诱她共同犯下爆炸案的那个面容苍白、病恹恹的少年，正是照片上偏为瘦弱的覃屿树。

　　一样的眉眼，给人的感觉却完全不同。

　　照片上的覃洲木满脸的肆意张扬，而覃屿树却看起来柔软善良。

　　对，就是因为这样，覃屿树才会在当年，轻而易举地取得她的信任。

　　眼前的覃洲木，虽然笑容温和，却和当初的覃屿树的感觉很像，让尝遍人生冷暖的她隐隐觉得危险。

思及此，许桑娅松懈的情绪又紧绷起来。

"他当年怎么跟你说的我？"许桑娅问。

覃洲木一顿，微微一笑："屿树说，他在鹤安市遇到的那个姑娘和他很像，他很喜欢她。"

许桑娅安静了好久，才冷笑一声："像？喜欢？他喜欢我所以将我牵扯进爆炸案里？如果不是徐……"她一默，笑容越发讽刺，"我恐怕也会成为一具无人认领的烧焦的尸体吧！"

覃洲木脸上的神情霎时冷峻起来，眼底的凉意也越深："当年到底发生了什么？"

"……"

颜小弯不知道许桑娅和覃洲木聊了些什么，可一个小时后，许桑娅从茶餐厅走出来时，却是一副恍惚的样子。

颜小弯起身，赶紧走过去问："桑娅，你没事吧？"

许桑娅拂开颜小弯的手，此刻她的思绪很乱，低着头道："我没事，你让我一个人待一会儿吧，拜托了。"然后径直离去了。

颜小弯在原地恍了好一会儿神，直到覃洲木出来，拍了拍她的头，她才清醒过来。

"看谁呢？"他一本正经地循着颜小弯的目光望去，还真看到一个样貌不错的男生立在不远处打电话。

"比我好看，嗯？"他问。

颜小弯无语，她明知道他是在开玩笑，心里却莫名有些发堵，他是不是对所有女生都是这个样子？

颜小弯偏头避开他，硬邦邦地答："有比你好看的人，这不是很正常的事情吗？"

覃洲木笑了笑，不置可否。

颜小弯看着他懒散的笑容，心一跳，默默移开眼睛，回到正题上："你找我有事？"

刚才覃洲木说有话要跟许桑娅聊，让颜小弯在外面等自己。

她想着覃洲木估计还是和上次一样，只是闲得无聊想逗自己，她本不想等他，却有些担忧许桑娅，所以犹豫了片刻，还是等了。

覃洲木脸上浅浅的笑意一下子敛住了。

周末的阳光和煦温暖，一点儿也不刺眼。

可覃洲木接下来的话却让颜小弯怔在当场，那一点点暖意也消失殆尽。

"不是你约我见面的吗？"他语速有些慢，带着轻微的嘲讽。

"什么？"颜小弯呼吸一窒。

覃洲木嘴角勾起，俯身凑近她，声音压得极低："还有上次所发的屿树的照片、引我来鹤安医学院的那条短信……关于你父亲的死，你对五年前的爆炸案知道多少，嗯？"

在听到"父亲"和"爆炸案"这些字眼后，颜小弯彻底愣住，也生出些怒气来："约见面？照片？短信？你在胡说些什么？我什么时候发过短信？什么时候约你见面了？"

自己什么时候发过短信给他？又什么时候主动约他见面了？他怎么会知道自己父亲的事情？他调查了自己吗？无数个问题一下子冒出来，让颜小弯气愤的同时感觉到一丝没来由的不安。

看颜小弯难得动怒的样子，覃洲木眼里极其快速地划过一丝惊讶和疑虑。

他眉峰紧蹙："不是你？"

"我不知道你为什么会认为是我……但是，真的不是我，我没有发过短信给你。"颜小弯一字一顿地认真说道。

她和覃洲木对视一眼，都从对方眼里看到了愕然。

同一时间，覃洲木的手机振动了一下。

在他低头看短信的空当，颜小弯脑海里不由得冒出一个可怕的念头来。

她全身却开始冒出细密的寒意，寒意直入骨髓。

他为什么突然问这么古怪的问题？难道他的出现是受人指引的吗？

难道，对当年爆炸案知情的人，除了亲历者许桑娅、覃洲木、覃屿树和间接知情者的自己外，还有另一个人存在吗？

如果真的有这么一个人，那么，他是谁？

他的目的又是什么？

他藏身何处？

Chapter 13

她感觉整个人都不好了,
有种分明还什么都没做,却被他看透的感觉。

冯助理偷偷从后视镜看了一眼汽车后座,覃总和那个医学院的小姑娘都没有说话,气氛很是凝重哪……

难不成是吵架了?

哎哟,覃总万花丛中过,也不知道哄一哄……

不过,仔细说起来,她这还是第一次看到覃总和除女明星、女模特以外的女性相处哪……

"你看什么,好好开车。"覃洲木淡淡开口。

冯助理打了个激灵,意识到自己走神被覃洲木发现了,赶紧应道:"好的,覃总!"

她连忙全神贯注地直视前方,耳朵却竖着,仔细听后座的动静。

老板的八卦什么的,虽然自己没份,但还是会很好奇的嘛。

隔了良久,覃洲木终于开口道:"我们来开诚布公地聊一聊吧。"

颜小弯抿着唇，板着脸，老半天没说话，还在权衡他究竟是什么意思。

覃洲木轻笑了声，继续说："闹鬼的当晚你其实看清楚了是不是？但你丝毫不惊讶，是因为你对我的情况非常清楚，知道我有一个弟弟。"看颜小弯严肃的表情松动了些，甚至有些惊讶，覃洲木又补充了一句，"我查过，你的体检表上视力有2.0。"

颜小弯："……"你到底是从哪里弄到这些私密资料的？！

前头的冯助理震了震，天哪，覃总连人家的体检资料都知道，三围什么的也肯定知道……要说两人没一腿，真是难以服众哪！

"……再加上你父亲与五年前爆炸案的关系，你想为他报仇。"他顿了顿，轻飘飘地得出答案，"你怀疑我是当年的始作俑者。"

这一点，他是通过刚才与许桑娅的对话才想通的。

如果事情真的像许桑娅所说，屿树就是爆炸案的策划人，那么，从颜小弯和许桑娅的关系来看，不难得出，颜小弯也认为他就是爆炸案的嫌疑人的这一点。但她却没有采取下一步的行动，她没有去公安局告发他，更加证实了她知道屿树没有死，所以对真正的始作俑者到底是谁产生了怀疑。

覃洲木本不是个轻率急躁的人，他对颜小弯是否真的是发短信的人，仅仅是持怀疑和试探的态度。

直到昨晚，他又收到了一条陌生的短信。

短信的内容又是一张模糊不清的覃屿树的照片，但可以看出，覃屿树紧合着眼，表情痛苦。短信上还写着约定见面的地址和时间。

地址赫然就是第一张照片上的那个空置解剖室。

这几日,覃洲木借着参观的名义来过这里,连人体标本陈列室都勘察过,已经摸清了地形。

他反复比对手机里的照片,无比确认短信上的地址就是那间解剖室后,便连夜赶过去了,可解剖室里却没有任何人。

他第一反应就是颜小弯发的短信,毕竟就目前而言,她的可能性最高。

他去她寝室找颜小弯,宿管阿姨却告知他,颜小弯晚上出去了没有回来。宿管阿姨还好心地提醒他:"颜小弯那孩子非常好学,此刻应该又在解剖楼吧。不过,现在快到门禁的点了,她按理也该回了呀……"

几个小时后,覃洲木没有找到颜小弯,又收到了新的短信。地址是医学院的另一个地方,他去了,却依然没有人影……

一个晚上他反复奔波了好几次,都是一样的状况,这让他心情糟糕难以形容。

但他还是耐下性子去做了。原因很简单,第二张照片里弟弟的状况让他有些不安。

他本想一步步地查清真相,现在却被对方出其不意的约见面的举动搅乱了节奏。最重要的是,他对对方为何要这样做也毫无头绪。

颜小弯彻夜未归,让覃洲木对颜小弯的怀疑越发浓烈,所以他才在第二天上午又来学校找颜小弯,选择与她挑明了直说。

颜小弯现在感觉整个人都不好了，有一种分明还什么都没做，却被身边这个男人摸透看透的感觉。

明明说好只是聊一聊，结果他却一直在自说自话，还说得这么准。

颜小弯感觉遇到了此生的劲敌。

她本想着自己有优势，可以主动出击，就像平常做题一样攻克他，却没想到，被他反将了一军。

事已至此，她决定干脆地承认："你说得对，我怀疑你。"

覃洲木闻言自嘲地勾了勾唇，眼里的复杂情绪消散了许多："比第一次见面诚实多了。"

颜小弯看了一眼车窗外飞速后退的风景，眉头一皱："你要带我去哪里？"

覃洲木也看向窗外，太阳一点点被薄云遮掩，天色暗下来些许。

他眉峰一蹙，一字一顿道："我收到了新的短信，"他停了两秒，声音里带着说不出的凝重，"还有新的地址。"

新的地址不在医学院，而是在本地一家比较知名的医院里。

冯助理停了车，也不多说，径直走到大厅等候。

颜小弯一边跟着覃洲木往里走，一边问："说了不是我发的短信，而且你自己也说收到新的短信了，如果真是我，我难道有两个分身不成？所以你喊我一起来做什么？"

覃洲木睨她一眼："眼见为实，当面对质。"

"如果对方依然是虚晃一枪，逗你玩呢？"颜小弯又问。

"不试试怎么知道？"他答。

自了解到颜小弯的意图以及背后设计这一切的人与颜小弯无关后，覃洲木的心情意外地轻松了几分。

"被人牵着鼻子走感觉怎么样？"颜小弯冷冰冰地讽刺他。

覃洲木散漫地笑了笑："难得的宝贵体验。"

"无聊！"颜小弯得出结论。

"既然这么不想来，"覃洲木似笑非笑，"你走得这么快做什么？"

"……"

颜小弯被堵得无法反驳，却又不能否认她的内心和覃洲木一样，想要知道真相到底是什么。她只好暗暗咬牙，跟着覃洲木上了电梯。

覃洲木这个人哪，就是疑心太重。

短信的具体地址是这家医院的精神科门诊室。

据说今天坐班的是非常出色的特约医生，平时工作日他只会抽空来两个小时，这个周末他难得地抽出了一整天的时间来坐诊。所以，虽说是较为冷门的科室，却依然有不少人慕名而来看诊。

颜小弯拿着挂号单在门口踌躇着，简直如坐针毡。再可怕再难的考试都奈何不了她分毫，可此刻她明显一脸为难。

"为什么是我去？"她咬着嘴唇压低嗓音问一旁神色如常的男人。

覃洲木好整以暇地坐在椅子上，开始翻阅放在一旁的医学杂志："对方肯定认识我，对我做好了防范，你如果真是清白的，自然没什么好担心的。"他抬眼看了看诊室，人来人往分不出到底谁才是约他过来的人。

颜小弯严肃起来:"可我并不像精神病患者啊。"

覃洲木翻了一页杂志,抬眸打量她两眼,嘴角弯起,调侃道:"你如果想逼真一点儿,也不是做不到。"

覃洲木露出一副期待颜小弯做出什么吓人举动来的样子。

颜小弯僵着脸面无表情,显然懒得搭理他。

他低笑一声,朝颜小弯勾了勾手指,压低声音说:"对方可能是医生,也可能是来看病的病人或者家属,你注意一点儿。"

颜小弯嘴角抽搐了两下,这么浅显的道理,我当然知道啊,用你说!

颜小弯感觉自己被坑了,先前说什么还怀疑自己就是发短信的人,现在看来,覃洲木明明就是把她当探路石吧!

她顿了两秒,艰难地放下了自己的面子,干巴巴地问:"那我进去以后,该怎么跟医生说?"

覃洲木嘴角微挑:"不如这样……"

等护士叫到颜小弯的号时,离短信里提到的见面时间还有好几分钟。

颜小弯看了覃洲木一眼,见他一副漫不经心的样子,继续在翻他手上的医学杂志,只好深吸一口气,视死如归地进去了。

她刚刚推开半掩的门,就听到里面传来熟悉的声音。

颜小弯一愣,覃洲木嘱咐的说辞倏地被抛到脑后,被她忘得一干二净。

"徐老师,您怎么在这儿?"她吃惊地叫出声。

徐倦看到突然出现的颜小弯，也颇为讶异。

他停顿了一阵，继续叮嘱了前一个病人的家属一些注意事项。等他们走出诊室后，他才将目光转向颜小弯，示意她坐过来。

"颜小弯？"他表情有些疑惑和古怪，"你怎么会来这里，看病？"

颜小弯尴尬地笑了两声，忍不住在心里骂覃洲木，他都不事先了解下诊室里是哪位特约医生吗？在医院碰见认识的人本就尴尬，碰见老师就更尴尬了！

"我、我是陪朋友来。"颜小弯磕磕巴巴地说。

徐倦眼风扫过颜小弯不自然地掩盖住挂号单上的名字的动作，微微一笑，也不戳破。

"您怎么会在这里？桑娅知道吗？"颜小弯问。

说到许桑娅，徐倦沉寂了一瞬，才耐心解释："鹤安市精神科的医生供不应求，所以我有时间就会来医院问诊。"

他看颜小弯一副虚心求教的样子，又继续说："作为医学院老师，虽然职责是培育学生，为社会输送人才，但说到底，其目的都是救死扶伤。你以后不管是留校担任老师还是怎样，都不要忘了这一点。"

颜小弯认真地点头，恨不能拿支笔记下来。

"老师说的是。"她刚打算继续追问几个问题，就听到门外传来一阵喧哗声。

颜小弯心里一紧，想起正事来了。

她抬头一看墙上的挂钟，挂钟显示此刻是中午十一点三十分。

恰好是短信里提到的见面时间……

Chapter 14

"当然，其实你也挺温柔的。"

诊室门外，一个穿着显旧的蓝白条纹病号服的男子正在大闹。

他看起来和常人不大一样，精神状态有些异常。他一会儿眼神凶狠地指着过路的人破口大骂，一会儿又哭哭啼啼地发脾气。旁边追上来的两个护士怎么劝他，他也不听，非吵着闹着要闯进徐倦的诊室。

颜小弯从没见过这种情况，一时也手足无措，不知该怎么办才好。

徐倦跟着颜小弯走出诊室，他一眼就认出了这名男子。他朝男子走了过去，好像一点儿也不怕自己会被男子"手舞足蹈"的动作误伤。

他轻声细语地安抚了那男子几句，也不知道说了些什么，男子渐渐地安静下来，然后乖乖地跟着护士离开了。

在离开前，男子还龇牙咧嘴地对着颜小弯做了一个鬼脸。

围观的人群散开了。

徐倦轻叹一声，对有些发怔的颜小弯解释："他已经在这里住了很久，他叫阿康。大多数时候，他都是好好的，所以护士们也没太管他。他只是心智不健全，没有恶意的。"

　　颜小弯点点头表示理解，一转头，正好看到在一旁抱胸而立的覃洲木。

　　他没像刚才一样坐在旁边翻阅杂志了，而是表情有些冷淡地望着低垂着脑袋、被护士带离的阿康，一副若有所思的样子。

　　徐倦也看到了覃洲木，礼貌地冲他点了点头，就走回了诊室继续接待下一位病人。

　　覃洲木走过来，随口问颜小弯："和他见面了吗？"

　　颜小弯摇头："只看到了徐老师，其余的病人和家属神态也很自然，看起来不像是发短信给你的人。"

　　覃洲木"嗯"一声，并不太在意："那就走吧。"

　　颜小弯微怔："就这样？"

　　覃洲木蓦然笑出声，表情有些微妙："你真的对能见到那个人抱有期望？"

　　"……"颜小弯脸色沉下来，她气得想骂人了。

　　没有等到想见的人，颜小弯和覃洲木决定先离开医院，毕竟那人可能已经不在这里了。

　　两人向外走出几步后，颜小弯听到在外等候的病人家属对徐老师的评论，大多是夸赞他医术高超、人又温和谦逊、性格好之类的话，她听着听着，也生出些自豪感来。不管怎么说，徐老师都是自己的任课老师，又是鹤安医学院的老师。这些夸赞虽然与自己没什么关系，却让颜小弯觉得，仿佛是对自己说的一样。她暗暗下定决心，自己以后也要成为徐老师这样的人。

她不由得感叹一句："徐老师真是一个温柔的人。"

"温柔？"覃洲木瞥她一眼，慢吞吞地咀嚼着这个词，然后眉毛微微一扬。

颜小弯看着他别有意味的表情，就知道他肯定又要说什么"难道比我温柔"，又或者是"他哪里温柔"之类的话。

颜小弯并不想跟他在这个问题上过多纠缠，索性眼睛一闭，硬邦邦地随口说："当然，其实你也挺温柔。"

覃洲木表情越发兴致盎然起来，他甚至凑近了几分，高挺精致的鼻尖距离颜小弯不过几寸的距离："哦，我怎么不知道我温柔？"

颜小弯表情一僵，咬牙切齿，额上的青筋仿佛在突突地跳个不停："当我没说。"

当两人走出精神科室，刚刚走至一处静僻的走廊时，颜小弯突然停住脚步，犹豫着问："我们是不是走错路了？去电梯口不是这个方向吧？"

不待覃洲木回话，颜小弯已经皱着眉开始四处打量："肯定不是这边……"

突然，她的视线被旁边一扇紧闭的门吸引住。

她脸色骤然一变,大喊他的名字:"覃洲木!"

"嗯?"跟在身后的那人慢悠悠地应一声。

她指着旁边的门,睁大眼睛说:"这里和徐老师所在的诊室是同样的门牌!"

覃洲木闻声抬眸看过来,漫不经心的表情一点点凝固。

果然,门牌上的几个字和刚才徐倦所在的诊室,以及短信里约见面的地址一模一样。

精神科三室。

之后,两人问了路过的小护士才明白,这间诊室的确是精神科三室,只不过前几日诊室里的窗户被暴风雨刮碎了,玻璃碴儿碎了一地,里头的仪器也损毁了,但医院为了不耽误正常看诊,索性将另一间空置的诊室,暂时设为临时的精神科三室,也就是现在徐倦所在的诊室。

颜小弯很快反应过来,按道理,除了刚才徐倦所在的诊室外,这间被关闭的诊室也极有可能是对方约定的地点。

颜小弯回头看向覃洲木,还没来得及说什么,就呆愣在了原地,她也不可置信地睁大眼睛道:"覃洲木,你在做什么?"

"你看不出来吗?"覃洲木刻意放低的声音,在稍显空旷的走廊上轻轻回荡,带着一丝引人沉沦的诱惑。

"你在撬门?"颜小弯从小到大就是好好学习天天向上的优等生,从不迟到、早退、翘课,更是从没有干过这种事。

她下意识就想阻止他:"你这样做是不对的,没有经过医院方面的允许,就擅自打开关闭的诊室门……要是被人发现怎么办?"

覃洲木轻嗤一声,手里的动作却没有停下来,依然专注于门锁上,他说:"你的意思是,如果不被人发现就没关系?"

他弯起的眼中有一丝戏谑一闪而过。

颜小弯有些急了,压低嗓音喊:"我的意思是你不应该撬门!"

话音刚落,门锁"啪啦"一声响,已经被打开。

颜小弯:"……"

覃洲木睨她一眼,笑容肆意张扬,颇有些顽劣的味道。他率先一步走进去,喊她:"快进来。"

"我不!"颜小弯脸色更难看了。

"你就这么想被人发现?"

"我……"

转角的地方传来细碎的说话声,那声音越来越近,显然是有人正朝着这个方向走过来。

再不进去,就来不及了。

覃洲木似笑非笑地看着她,等着她做决定。

颜小弯心一横眼一闭,深呼吸几口气,心跳陡然加速。她再也顾不上这么多,赶忙大跨步走了进来,还顺势把门带上了。

她闭上眼拍了拍胸口,有种做贼般的心虚。

覃洲木看着她像只小兔子一般受惊的样子,有些好笑。

"有什么好怕的?"

"你这样子的人是不会懂的。"颜小弯没好气地说。

既来之则安之。颜小弯反复这样安慰着自己，反正自己并没有干什么伤天害理的事情……不对，没有到伤天害理这种程度，她只不过是看看而已，什么也不会干的。

她开始打量起四周的环境来，屋里面一片狼藉，过去这么久了，居然一直没人打扫。而且，非常奇怪的一点是诊室里的窗户并没有破碎，地上也没有所谓的玻璃碴儿，和护士口中所述完全不同——房间里的一切看起来更像是人为导致的。

不知道为什么，颜小弯第一反应就想起了刚才见到的那位可以随意走动的精神病患者——阿康。

也不知道他到底是什么人。

颜小弯摇摇头，暂时抛开这个奇奇怪怪的联想。

覃洲木在不大的诊室里来回踱了几步，手指拂过桌面，掀起一小层薄薄的灰尘。他眯眼看了看指尖上沾染的灰，然后擦去，蓦然回头望向颜小弯，而颜小弯正好也望向他。

"你怎么看？"

两人同时开口发问，又同时顿住了。

覃洲木的眼里有罕见的柔软笑意，他笑道："你不是说什么也不进来的吗？"

颜小弯懒得再看他，眉头紧紧拧成一团，弯腰随手捡起地上的一块小碎片，说："都什么时候了，你怎么还有心情说这些？说不定那人几分钟前就……"

剩余的话还未出口，覃洲木就接过话头："他没来。"

"你怎么知道？"

"这间屋子已经好几日没人进来了，到处是灰尘，怎么，你连这点儿观察力都没有吗？"覃洲木挑眉。

颜小弯有点儿不高兴了，从来都只有别人向她虚心请教的份儿，什么时候她的智商被别人碾压过？更遑论被质疑了。

她深吸一口气，望向窗外。这里视线很开阔，甚至能看到远处深灰色大楼的一角。她说："诊室的窗户一直都是敞开的状态，窗外不远处有一处建筑工地，这间诊室不管进不进人，布满灰尘不是很正常的事吗？"

颜小弯表情依旧冷冷淡淡的，甚至有些许似有若无的挑衅和得意，很明显她此刻正因为覃洲木的质疑，心里堵着一口气。

覃洲木看她一眼，眼里的笑意陡然加深，觉得她这副较真的样子还真挺有意思的。

但他没有再继续这个话题，即使他会得出这个结论是因为门把手上也有一层薄薄的灰尘，这一现象充分说明最近几日都没人进来过。

覃洲木漫不经心地笑了，说出的话却无比冷峻清晰："那你说，我们为什么会走错路？又为什么会很巧地来到这间被关闭的诊室门口？"

颜小弯一愣，沉默了一阵，才开口："……是阿康。"

她慢慢地补充："医院很大，转角走廊很多，而我们下楼后，之所以会这么巧合地看到这个房间，是因为阿康和带他离开的护士是从这个方向离开的。"她踌躇两秒，得出结论，"是他引导了我，让我下意识地跟着他往这个方向走的。"

覃洲木不置可否,他打量着这间不大的诊室。

气氛凝固了十几秒,他才再度开口:"那个约见面的神秘人,要么是像昨晚一样,看我被他耍得团团转,要么就是另有目的。"他嘴角的弧度越来越大,一点儿都没有被耍的气愤和懊恼,反倒像是被挑起了兴趣,声音也越发低哑,"你说,他的目的是什么?"

不待覃洲木继续说,颜小弯已经率先一步开始翻箱倒柜找起来。

她猜想,如果真的有什么线索的话,那个人肯定会回到这间诊室里。

覃洲木笑:"怎么现在胆子这么大了?不怕了?"

"你不调侃我会死吗?"颜小弯强忍住翻白眼的冲动。

"当然会。"她很明显能听出他话语里的笑。

颜小弯懒得搭理他,随手打开离她最近的桌子的抽屉。

她看着里面的东西一怔,然后慢慢将里头的东西取出来。

那是一张泛黄的、被撕成两半的照片。

照片的另一半已经不知所终了,而照片上那几个人的笑容却清晰如初……

覃氏夫妇以及一脸青涩的覃洲木和覃屿树。

Chapter 15

"我也想知道真相,所以……你要不要和我一起?"

返程的途中,车里的气氛又陷入了诡异的沉默。

坐在驾驶座的冯助理不敢再分神,老老实实地开车。

刚才在等覃总的过程中,她仔细一思量,覃总说话虽温温和和的,但指不定心中其实对她之前的偷窥怀有不满,然后暗下黑手……啊呸,然后,光明正大地将她开除掉,再想一想覃总在上车前那别有深意的一眼……

冯助理不由得打了个哆嗦,不知道覃总又在打什么主意,真是太可怕了。

后座的覃洲木捏着那半张照片陷入沉思。

照片究竟是何时所拍他已经记不清了。印象里,他经常和父母、弟弟一起出席各种商业酒会,见过各式各样的人。爆炸案发生前,他的生活潇洒肆意，自然也没兴趣注意哪些人和自己全家合过影。但从照片上的他们所穿的服装来看，应该就是某次商业酒会上拍下来的。被撕掉的那半张照片极有可能就是约见面的神秘人的影像。

如果真是这样，那么嫌疑人的范围一下子缩小了许多，是覃氏的合作盟友？是商业旧敌？是当年红极一时的明星？又或者就是覃氏企业的股东，自己身边的人？

只是，他究竟为什么要留下这张照片呢？

"这下你总该相信和我无关了吧？"颜小弯说。

她想一条条地分析给覃洲木听："我可从没有见过你全家……"说完这句，她感觉不太对，怎么有点儿像在骂人？她又赶紧补充，"总之，我和我的家人都没有参加过这种有钱人的酒会，还有，我也从没有去过你所在的银星市……"

"我知道。"覃洲木淡淡说道。他随手将照片丢在一旁，双手交叠搭在后脑勺上，"我看过你的资料。"

颜小弯暗自腹诽：你不要这么光明正大地说出来啊……

覃洲木扫了颜小弯一眼："你不想知道当年的真相了吗？"

颜小弯默了默："我自己可以查。"

覃洲木抿唇，目光移向窗外："我知道你怀疑我。"他无所谓地笑，也不解释自己的清白，"随便你怎么想，但是，你需要明白一点，我的目的其实和你是一样的。"

他看着颜小弯半疑惑半警惕的样子，慢慢地启唇："我也想知道真相，所以……"

"你要不要和我一起？"他问。

直到车子停在了校门口，颜小弯都没有开口回复覃洲木那句"要不要和我一起"。

她有些不明白覃洲木的意图，按理说，自己和他这种贵公子不该有过多的交集。他们的关系会变成现在这样，完全是因为他是爆炸案的嫌疑人之一，而自己是受爆炸案牵连的人的家属，仅此而已。

更何况，她都明明白白说了，自己怀疑他了，他的心怎么还是这么大？难道就不怕她得到的证据越来越多，然后跑去警局举报他吗？

在冯助理的注视下，心事重重的颜小弯慢吞吞地下了车，"再见"两个字还堵在喉咙里，眼风却扫到不远处站在门口、正与几个身着警服的警察交谈的医学院李院长。

她吓了一跳，下意识想躲起来。她历来低调，不想出风头，根本不想被院长看到自己与覃洲木在一起。可她还没来得及动作，手臂却被车里那人一把抓住。微凉的指尖正好扣在她的脉搏处，她几乎要怀疑那人能借此感觉到自己骤然加速的心跳声。

覃洲木慢悠悠地开口："你还没回答我。"

眼看着校门口陆陆续续地走出不少出来买中饭的学生，颜小弯越发心急，她一边用另一只手挡住自己的脸，一边试图挣开覃洲木的手："回答什么？我为什么要回答你？你……你抓着我干吗？快松开！"

看她这副避若蛇蝎的样子，覃洲木的手指越发用力，表情也越发微妙起来："你怕什么？和我一起，就这么怕被人看到？"

"我有急事，你快放开。"颜小弯脸涨得微红，压低声音小声央求，"我答应，我答应还不行嘛。"

覃洲木看她难得地服软，轻笑一声："你有急事？你撒起谎来真可爱。"

"你！"他明显就是想看自己出糗！颜小弯完全不能理解他的恶趣味。

这时，院长的声音自身后响起："颜小弯？覃先生？"

颜小弯僵住，站直身子，回头强笑："院长好……"

覃洲木的手向下滑，不管她的抵抗，毫不犹豫地与她僵硬的手十指相扣，然后自车内钻出来。他朝李院长微笑颔首："李院长。"

李院长狐疑地打量他们一眼："你们这是……"

覃洲木的手指略微用力，笑意越深："没错。"

颜小弯想死的心都有了，都什么时候了，他还在开玩笑！

"不是的，李院长！"颜小弯急迫地想要解释。

但下一瞬覃洲木就松开了她的手，一副神态自若的样子。

李院长摆摆手，表示自己并不在意这些谈情说爱，然后说："覃先生您来得正好，我正要去找您。"

"什么事？"

李院长示意覃洲木和他身旁几个表情严肃的警察到一旁详谈。

在他们即将离开之际，颜小弯抓紧时间低声问了句："你为什么要和我一起？"

她的意思是覃洲木为什么想要和她一起查这件事情的内幕。但她根本没有察觉到,这句话有很深的歧义,她眉头紧皱,一副急切想要知道答案的样子。

覃洲木蓦地一勾唇,显然联想到了更多深层次的东西。

他心底漾起些莫名的情绪,说不上是愉悦还是别的什么。然后,伸手不轻不重地在颜小弯头顶敲了下。

"你这个傻姑娘。"

学院的总监控室里,在场的所有人看完昨晚的监控后,都沉默了。

过了良久,覃洲木才不咸不淡地说:"监控里的人的确是我。"

监控里记录的,正好是他昨晚根据短信提示,去往医学院各个地方的身影,每个地方他都稍作停留,但并未久留。

一个离得近的高个子警察接过话头,公事公办道:"既然如此,麻烦覃先生配合我们去局里走一趟。"

"哦?"覃洲木一挑眉,嘴角边噙着很淡的笑,一字一顿,"局里?"

跟着一块儿进来的冯助理慌了,赶紧拦在高个子警察与覃洲木的中间,声调不受控地拔高:"到底发生什么事了?我们覃总忙得很,有事麻烦联系我们的律师!"她看一眼沉默不语的李院长,急得直跺脚,"李院长您倒是说句话呀。我们覃总为医学院贡献了这么多,到头来却要去公安局?有没有这个道理?"

"好了,小冯。"覃洲木轻轻推开她,眼睛却冷冷淡淡地看着李院长的方向,"少说两句。"

李院长无奈地叹息一声,解释道:"是这样的覃先生,我们学院有两个女生声称昨晚受到变态性骚扰,我们根据她们的提示查看了监控……"李院长别开眼,"正好看到您在那个时间段出现在那两个地点,时间和地点都非常吻合。"

冯助理瞠目结舌:"什么?性、性骚扰?"她立马气冲冲地出言维护,"这肯定是诬陷啊!李院长您可不要血口喷人!我们覃总要什么女人没有,大把的明星模特上赶着来!就算骚扰,怎么可能骚扰几个女学生?"

看冯助理口无遮拦,越说越不靠谱,覃洲木眉头一蹙:"闭嘴。"

高个子警察听了冯助理的话后表情越发严肃,他原本看覃洲木气质不凡,对他是变态的说法还有些质疑,现在倒信了几分。他重复道:"覃先生,麻烦你配合我们去局里走一趟。"

李院长也在一旁好言相劝:"我也觉得这应该是误会,覃先生您当然不可能会做出这种事情来。但您如果不去,这个污点就不能洗清了。那两个女学生现在就在局里,您走一趟,自然也就真相大白了,您说是不是这个理?"

覃洲木静默几秒,轻笑一声:"是。"

他的视线停留在静止的监控画面上,画面上的人影纵使在黑暗中也无比清晰。

他想,他终于明白了那个神秘人反复示意他去往不同地点的意图了,真可笑。

冯助理又气又急,自己才刚来鹤安市,事情就一桩接一桩地发生,忙得停不下来。现在又让覃总蒙受这等不明不白的冤屈，她觉得自己一点儿用也没有。

冯助理还想拦他："覃总，要不我们先等律师来吧？如果就这么去了公安局，肯定会被娱乐媒体说三道四……您之前的绯闻还一团糟呢，现在又闹出这档子事，真是的！"

覃洲木垂下眼思忖两秒，说："没必要。"片刻，他已经好整以暇，从总监控室的沙发上站起来，一副气定神闲的样子，出声示意那两个等待他的警察，"走吧。"

他当然不相信自己只需要去一趟公安局，就能轻而易举地澄清这桩莫名其妙的性骚扰事件。但是，那两个女生在见到他后会怎样说，接下来还有什么事情在等着他，他委实好奇得很。

如果，这就是对方试探自己的手段。

那么，他就大错特错了。

Chapter 16

> 她以为那是因为自己已经足够坚强，
> 能镇定地面对过往了。

时间过得很快，天色渐渐暗下来，遥不可及的圆月高悬于空，今夜的月色稍显暗淡。

片刻，路灯一盏接一盏地亮起，昏黄的灯光在许桑娅的头顶炸开，这近距离的光，把孤寂的她一下子照得暖融融的。

许桑娅恍恍惚惚地在街边走了很久，又在某个安静小公园的长椅上静坐了许久。直到后来，她发觉自己有些饿了。

她第一反应是回徐倦家里好好睡上一觉，可脚步还没迈开，又想起今天上午她已经从徐倦家卷铺盖走人了。

她走的时候不觉得有什么，现在却觉得有些孤单。

是不是，连徐倦也厌烦自己了？

许桑娅烦躁地抓抓头发，丢开这些乱七八糟的负面情绪，起身慢吞吞地往医学院的方向走。她此刻好不容易才接受了覃洲木、覃屿树是双胞胎兄弟这一事实，也不知道该高兴还是该难过。

值得高兴的大概就是颜小弯并没有背叛自己，并没有和爆炸案的始作俑者在一起。虽然这个人和当年那人长得一模一样……

难过的大概就是覃屿树真的没有死，他干了这么多丧尽天良的事情，甚至冷血地害死了他自己的养父母，却依然没有死，老天真是不长眼。

算了，算了！再想这些乱七八糟的也没什么用，反正自己也见不着覃屿树。他神出鬼没的，连他哥哥都找不着他，更何况是自己？

许桑娅走到一处垂着不少绿色藤蔓的铁围栏处时，听到一个男声正在不停地冲这边喊："姐姐，漂亮姐姐！"

许桑娅狐疑地扫了一眼，那是个看起来二十多岁的男子，穿着显旧的蓝白条纹的病号服，估计就是附近这家医院的病人，而他明显比她年龄大。

嗯，肯定不是在叫自己，她继续走自己的路。可那个声音却锲而不舍地喊："黄色的漂亮的姐姐！"

"……"好吧，这下许桑娅确定那人是在叫自己了，因为她恰好就穿了一条黄色的连衣裙。

她忍了忍，走过去凶巴巴地冲那男子说："喊什么喊？你不知道这么喊有歧义吗？谁黄色了？骂谁呢你？！"

那穿病号服的男子更加兴奋地冲她招手："姐姐，姐姐快来！"

"姐姐？"许桑娅不可置信地指着自己，"你喊我啊？有没有搞错？"

那穿病号服的男子隔着铁围栏冲许桑娅憨憨地笑："对啊，对啊，姐姐！"

许桑娅翻个白眼喊一声："叫谁姐姐呢你？有没有礼貌？"她明白过来了，这男子看起来不太正常。

那男子有些疑惑，扭扭捏捏地说："可护士姐姐说，叫姐姐是最有礼貌的乖孩子。"

"得了吧，那护士估计四五十岁了吧？"她停了两秒，觉得自己对一个脑子有问题的人这样子说话，把气撒在他身上，有点儿过于刻薄了，于是放软了嗓音，"真要讲礼貌的话，你该叫我……"她顿了顿，丢开妹妹这个黏糊糊的称呼，认真道，"你该叫我许大美人。"

男子不肯，摇摇头说："可你没到大美人的程度啊。"

许桑娅脸色阴沉起来，一口银牙都要咬碎了："那你喊我过来干吗？"

"和我一起玩吧，姐姐！"

"不叫许大美人就不和你玩。"许桑娅冷漠地说。

男子委委屈屈："许大美人……"

"阿康？你在和谁说话？"一个清润好听的男声自层层叠叠的藤蔓后响起，隔着无数道天然的绿色屏障，说话那人并不能看清这边的人。

被称作阿康的男子扭头嘿嘿傻笑："我在和许大美人说话！"

许桑娅笑嘻嘻地抬眼往那个方向看去，正好清楚地看到了说话那人一闪而过的高挺侧颜、清俊的眉眼和苍白的皮肤。

她一蒙，脑海里仿佛有什么东西瞬间炸开。

她终于明白为什么自己在与覃洲木交流的时候，尚能克制自己，保持冷静。

她以为那是因为自己已经足够坚强，能镇定地面对过往了。

原来，并不是这样的。

实际上，在见面的那一刻，她潜意识里，就已经将覃洲木与五年前那个笑容温柔和煦的少年清清楚楚地区分开了。

所以才不害怕，所以才敢当面对峙。

而如今，她看到的人，才是真正的覃屿树……

本该死掉的覃屿树……

见许桑娅愣怔，阿康担忧地喊着："许大美人，你怎么啦？病了吗？没事吧？"

她眨了眨眼，抑制住汹涌而来的泪意，惨白着脸，跟跄地退后几步，捂住几乎要跳出嗓子眼的心脏，丝毫不敢再停留，逃也似的飞快地跑远了。

这时，说话那男子已经走至阿康跟前，他轻轻地皱眉，扫了一眼那渐渐远去的背影，了然。

"又和路人姐姐说话？"

"不是路人姐姐，是许大美人！"

"好好好，不管是什么，你现在该吃药了，我们回去吧。"

"你说她还会来吗？"

"嗯，肯定会的。"

Chapter 17

> 这两个的拼音拆开来分析，恰好就是：
> 我爱你爱你。

许桑娅回到寝室时已经十点了，正好掐着门禁的点进来的。

此刻，陆翩芸正在和男朋友煲电话粥，颜小弯捧着本书半躺在床上看。

听到开门的动静，陆翩芸搁下手机朝门口瞄了一眼："桑娅你终于回来了，都这么晚了，电话也不接，我们还以为你又去徐老师家了……"她注意到许桑娅沉默寡言的模样，声音越来越低，最后索性改口，"哎，回来就好，回来就好，明天还有课，你早点儿休息吧。"

她说完就若无其事地继续和男朋友打电话。她知道许桑娅性子要强，估计也不愿意让人看到自己脆弱的一面。

许桑娅魂不守舍地点点头，也不看她，自顾自地坐在椅子上换掉踩了一天的高跟鞋。

颜小弯从床上探出头，还是有点儿担忧许桑娅，毕竟她也是知晓内情的人。她想安慰安慰许桑娅却不知道如何开口,只好默默地喊了声:"桑娅。"

许桑娅看她一眼,招呼她下来。

颜小弯合上书,从床上爬了下来,搬了椅子和许桑娅挤坐在一头。

许桑娅张了张口:"小弯,我……"她望着颜小弯清亮的眼顿住。

颜小弯偏头认真看她:"怎么了?"

看覃洲木和颜小弯亲密的样子,估计她也知晓内情吧。

许桑娅忍了忍,不知出于什么心理,将已经溢至嘴边的见到覃屿树的消息又吞了回去。

许桑娅强笑两声,转口道:"颜小弯,我怎么感觉你变了。"

颜小弯口气变得古怪:"变了?哪里变了?"

"变得话多了,也更有人情味了,平时你肯定不会注意到这些细节。"

"……"颜小弯不知该怎么回应。

许桑娅这次真的笑了起来,她伸手揉了揉颜小弯的头发:"你呀,什么事都憋在心里,这样我们怎么会懂你?明明是我们三个里年纪最小的,看起来却最老成。"她又捏了捏颜小弯的脸,"来,笑一个给姐姐看看!"

颜小弯轻轻地将头贴在她的肩膀上:"你今天真多愁善感。"

许桑娅嗔怪地轻轻拍了她一下:"多愁善感?总比翩芸口中的矫情和公主病要好。"

颜小弯抬起头来,认真道:"你才不矫情,也不公主病,翩芸她是开玩笑的。"

许桑娅"扑哧"一声:"你呀。"说完她自己愣了愣,不知道从什么时候起，自己也学会了徐倦那一套。可如果不是他，自己也不可能是现在这个样子吧。

她像刺猬一样武装自己，而他却用他的柔软将她拯救出深渊。

思及此，她几个小时前见到覃屿树的挣扎与痛苦也消散了不少。

"你还记得昨晚你喝醉的时候，问我的问题吗？"颜小弯问。

你和覃洲木到底是什么关系？

许桑娅一怔，随即笑开，撒娇道："我有问你问题吗？我忘了，哎，算了算了，一个喝醉酒的人能问出什么好问题来？你就当我什么都没问吧。"

颜小弯点点头，如今，她已经放下对覃洲木的偏见了。而覃洲木模糊不清的态度，更让她觉得覃屿树的嫌疑越来越大。

不知怎的，在心底里确认覃洲木是无辜的之后，颜小弯冒出些小小的窃喜来，脸颊上也浮起一丝可疑的红晕。

她吓了一大跳，赶紧掐掉自己莫名其妙的小心思。

两人絮絮叨叨聊完后，颜小弯又爬上了床，想继续看书却没了心情。

这时，她的手机蓦然一亮，收到一条短信。

她扫了一眼，发现短信居然是覃洲木发来的。

她不知道覃洲木究竟是什么时候将号码存入自己手机里的，只怪自己没有设置开锁密码的习惯。

为什么这个时候发信息给她，难道是那个发短信的神秘人又出了什么幺蛾子？

可其实并不是这样。

"晚安。"

颜小弯愣了好一会儿神,她怎么也没想到,覃洲木发来的短信居然是"晚安"二字。

真无聊。她想。

他什么时候这么无聊了?又拿自己寻开心?

她其实不是很愿意对他说"晚安"这两个字。因为之前,她曾听陆翩芸说过,这两个的拼音拆开来恰好就是:我爱你爱你。

因这个缘故,她只打算对心爱的人说这两个字的。

不过,像覃洲木这种人,肯定不会相信这些没头没脑的解析吧?

她丢开手机,打算睡觉,但仔细想了想,又觉得不太礼貌,便又把手机拿起来,给他回复了一条短信:"早点儿睡。"

覃洲木收起手机,眼里漾起的柔软一闪即逝。

他还在警局,只是来到警局后,事情的发展有些出乎他的意料。那两个女生还未见到他的面,就哭喊着没脸见人了,要自杀,还好被警察们拦下,才不至于酿成悲剧。

但是,她们拒绝见覃洲木,只要求他在新闻媒体上承认错误,向她们道歉。

她们认定侮辱自己的人,就是覃洲木。

警察没有办法,也知道如今的证据不足以扣留覃洲木,就走了出来,与他交谈一阵后,让他离开了。

覃洲木推开公安局的门,无数的摄像机和记者就围住了他,闪光灯晃得人睁不开眼睛。看台标,好几个记者都是从银星市赶来的,为了挖到他的新闻还真是费尽心机。

他本想在鹤安市过一段清闲的日子,可这桩事发生后,看来是不能如他所愿了。

他接下来的每一次行动,都会暴露在镁光灯之下。

"覃先生,请问您是否真的性骚扰了鹤安医学院的女学生?您对于她们忍受不了屈辱,选择自杀怎么看?"

"覃先生,请问您和×××的绯闻是否属实?她对此事件有何看法?"

"覃先生……"

冯助理一边艰难地拨开人群,一边对提问的记者说着:"抱歉,现在已经很晚了,覃先生要回去休息了,有什么问题,过几天公司会召开新闻发布会,对此事件做出回应。"

她和几个保镖一起护送着覃洲木上了车。覃洲木全程都面容冷峻,对越来越尖锐的提问均不做回答。

如果让他陷入丑闻是那个神秘人的第一步,那么曝光他此刻身在鹤安市的行径就是第二步,环环相扣。

以覃洲木的身份地位,一旦陷入丑闻事件则很难洗清的。之前他的花边绯闻不过是小打小闹伤不了根本,甚至对公司而言有促进作用。

可一旦涉及道德败坏,则是最可怕的伤人利器。

这是继当年的爆炸案后,覃洲木这五年内遭遇的最大丑闻了。

覃洲木低垂的眼睛中有暗芒一闪而过,他绝不会束手就擒,任人宰割。

Chapter 18

她是他虚有其表的寡淡人生里，
难得寻到的一丝乐趣。

骚扰事件越演越烈，学院里的师生们对覃洲木的风评也转了方向。

深知覃洲木为学院做出巨大贡献的院长和老教授们还好，尚会为覃洲木说上几句好话，说受害者虽然是自己学院的学生，但也保不准是她们看花了眼。而之前对覃洲木犯花痴，连连嚷着要嫁给他的女生们则大多惋惜不已，有的甚至还跟着外界一起诋毁他。

于是，一些对事件抱怀疑态度的人的声音也被吞没了。

"看起来斯斯文文的，原本以为不是新闻里传言的花心大少，没想到不仅是花心大少，还是这样一个变态的人哪。"

"学院以后还是不要放这些随随便便的人进来了，好可怕。不知道要借着捐赠的名义干多少坏事？！"

"他就是看我们学院美女多，所以才偷摸着找借口来的吧？"

颜小弯最初听到这些恶意言论时，心里有些为覃洲木打抱不平。

可她却没有任何理由帮覃洲木说话，只好冷冷淡淡地打断她们："安静一点儿，不要在课堂上讨论无关紧要的东西。"

"……"

而事件的主人公覃洲木却丝毫没有受到困扰，和往常一样，正常生活。

虽然离新闻发布会还有一段时间，但他并不着急，这些无聊的小手段还不足以让他放在眼里。

他安排人查了查那半张照片的来历，只有尽早知道那人的真实身份，他才有机会抢占先机。

可结果显示，那张照片是在五年前的某次私人聚会上拍下来的，虽说是私人聚会，但那次聚会来了不少各界优秀人士，身份背景复杂，查起来比较困难。而且由于聚会已经过去五年多了，时间久远，具体的宾客名单也早已不在。

覃洲木滑开手机屏幕，上面显示着一条几分钟前发过来的短信。

"现在是上课时间，你到底想干吗？"颜小弯心里的潜台词就是，不要再发短信骚扰我啦！

覃洲木几乎能透过这短短几个字想象出颜小弯一脸义正词严的样子。他原本冷淡的脸上笑容陡然加深。他的个性本就是随心所欲，想干什么就干什么。

如果非要找出一个理由来，那大概就是无聊，而她是他虚有其表的寡淡人生里，难得寻到的一丝乐趣。

颜小弯和他司空见惯的八面玲珑、长相精致的女人完全不同,她很纯,也很真。没来由地,他对她产生了一种很微妙的兴趣。总想恶趣味地逗她,试图看到拥有冷静外表的她炸毛的一面。

"听说传闻了吗?"他回。

"听说了。"这次颜小弯回复得很快,估计是已经下课了。

他眼神散漫,嘴角微微勾起,还欲再发短信过去,那头却紧接着又发过来一条短信。

"我不信的。"

覃洲木一怔,动作停住。

隔了好一阵,他才动了动长久地按在删除键上的手指,将屏幕上尚未发送的几个字快速地删去。

他眉眼里讥诮的笑意早已隐去,变得沉寂。

他紧紧抿着唇,捏着手机等了好半晌都没动静。

他想,恐怕连颜小弯自己也没意识到,她会对一个不太熟悉,甚至有些怀疑和警惕的对象产生莫须有的信任吧。

过了好一阵,覃洲木的手机再次响起,是冯助理打来的电话,他接通了。

"查到照片的来源了吗?是什么人?"覃洲木丢开心头莫名涌起的奇异情绪,开口询问。

他起身,掀开一角窗帘,淡漠地望着堵在楼下、等着他出门的新闻记者们,眸中的讽刺越来越深。

五年前也是同一批人日日夜夜围堵着他，追问关于那起爆炸案的详情，追问为什么他的养父母死了、他的弟弟也死了，却只有他活了下来。

他们明里暗里地指责他，为了利益而害死了全家，害死了无数无辜的人。

而现在，丑闻又起，他们再度蜂拥而至，就像一群闻到血腥味的恶狼，不把他拖下暗黑的沼泽誓不罢休。

"不是啊覃总，我们根据这张照片，查到了一些新的东西……"电话那头冯助理的声音有些磕巴，显然还在组织语言。

她吞吞吐吐了好一阵才继续说："我们已经反复证实了事情的真实性，是……是关于您身世的东西。"

Chapter 19

去报警吧,
把一切内幕都公开出来!

许桑娅又翘课了。

不知出于什么心理,她鬼使神差地独自一人返回了那处铁围栏。

今天并没有人在那里,四周静悄悄的。她小心翼翼地探头往里头张望,只偶尔看到穿着白大褂的护士一闪而过,走进那栋深灰色的大楼里。

她默默收回目光。

不可否认的是,向来直来直去的她,此刻生出些反常的小心思来。她意外发现了覃屿树这件事,她暂时不想告诉颜小弯,也不想告诉本就和自己没什么交集的覃洲木。

她想独自一人查清楚,为什么覃屿树没有死在爆炸案之中?这五年里发生了什么事?他又为什么会在医院出现,还和精神异常的病人待在一起……

还有，最重要的一点——她想报仇。

这个念头自昨天见到覃屿树时就冒了出来，而且始终盘旋在她脑海里挥之不去。

她内心涌出的恐惧和兴奋的情绪，一个声音在脑海里催促着她："你不是恨他吗？去报警吧，把一切内幕都公开出来！"

但另一个声音又在说："不行，现在时机还不成熟，贸然出手可能会把自己也牵扯进去！"

她已经受够了！

这五年里，她日日夜夜都活在害死无数人的自责愧疚里，如果要出手，她就必须一击即中。

所以，她打算先独自观察一阵。

她在原地等了一阵，确定那个叫阿康的男子今天没有出现，才悻悻地往回走。

她本想偷偷地向他打探打探情况，现在看来好像不是一件容易的事情。

她脚步匆匆地离开，却不期然看见了一个熟悉得不能再熟悉的人。

"徐倦？"她惊讶地开口喊。

徐倦从铁围栏尽头的转角处绕过来，他闻声停下脚步，看着不远处朝他招手那人，眉头一蹙又很快舒展开，语气稍显冷淡和无奈："你怎么又翘课了？"

他刚刚开口，许桑娅就丢开了脑子里乱七八糟的念头，欣喜地朝他跑过去。

清风徐徐，轻柔地扫过她的鼻翼，她恰好闻到了徐倦衣襟上传来的淡淡的消毒水味道。

　　她冲徐倦撒娇："你今天的课不是在下午吗？我早就查好课表了，保证准时去上课！"

　　"除了我的课，其他课也要按时去上才对。"徐倦不紧不慢地叮嘱道。

　　"好好好，听你的，都听你的。"

　　徐倦明知道她的这番话是敷衍，却还是轻轻地弯了弯唇。

　　"你怎么会来这里？"徐倦问。

　　许桑娅眼珠子到处乱转："随便走走呗。"

　　许桑娅往他身后瞄了瞄，转向正题："你是这家医院的医生？"话虽是疑问句，问出口的那一刻，她却已经认定了这个答案。

　　徐倦点头承认："是。"

　　许桑娅有些不高兴，不自觉地翘起嘴巴："那你为什么从没告诉过我，这家医院我又不是没来过。"

　　当年爆炸案发生后，徐倦将身受重伤的她带到了这家医院治疗。她足足住了几个月，医药费也是他掏的。事后，许桑娅拼命打工想赚钱还他，他却只是笑笑不肯收，还说什么，他救她不是为了钱，而是最正常不过的医者仁心。

　　可是徐倦不说，她也明白的，其实那只是他对孤苦无依的她的怜悯。

徐倦笑了笑，看着她赌气的小模样，生出一种想揉一揉她头发的冲动，但内心的理智又让他生生克制住了。

他淡淡地启唇："你知道这个做什么？如果让你知道了，你岂不是翘课翘得更厉害了？"

许桑娅吐吐舌头："说得好有道理。"

徐倦苦笑："你呀。"他抬腕看了看表，此时已经到最后一节课的下课时间了。

"你现在最重要的事是每天认真听课，好好准备考试。如果你各方面足够优秀，以后自然也能来这家医院实习。"

许桑娅听到最后一句时，眼睛蓦然一亮："那我岂不是可以和你一起上班？"

"前提是，你好好学习。"

许桑娅笑嘻嘻地应允："那我从明天起，一定认真听课才是！"

两人慢吞吞地朝地下停车场走去，离背后的大楼越来越远，许桑娅终于开口。

"徐倦，这里……"她指了指身后的深灰色大楼，刻意放松了口气，一副满不在乎随口一问的样子，"是什么地方啊，怪阴森冷清的，你们医院不会是人气下滑了吧？"

徐倦看她一眼，敏锐地察觉到了她的异样。他何其聪慧又何其了解她，知道她既然打算旁敲侧击，就没有多问原因。

"医院的住院部。"他答。

"可是，我以前住的住院部好像不是这栋吧？这里看起来怪冷清的……而且这栋看起来是单独隔开的呀。"她又往那栋楼的方向扫了两眼。

"这栋楼是封闭式的，住在这里的病人比较特殊。"徐倦一顿，清清淡淡地解释，"专供精神病患者居住。"

最重要的是，那栋楼的隔音效果非常好，里头种种可怕的声音都不会有一丝一毫传出来。

许桑娅"哦"一声，点点头，脑子里却有无数的念头盘旋着，最后汇聚成一个问题。

她张了张口，望着徐倦清俊的侧脸，话语却哽在了嗓子眼里。不知道该以何种身份问出来，也不知道该如何解释自己对这里的过分关注。毕竟徐倦对她五年前的恩怨纠葛均一无所知。

她从不敢开口说，徐倦也从不问。

徐倦在医学院教授的科目不就是精神病学吗？

所以，他在医院应该就是精神科的医生吧？

那么，他又是否认识出现在这栋楼附近的覃屿树呢？

Chapter 20

他愿意试试看，选择信任她。

挂钟"嘀嗒嘀嗒"地走着。

颜小弯稍显局促地坐在覃洲木家的大沙发上，也不知道他一下课就让冯助理喊自己过来，究竟有何用意。

尤其是，她刚刚东躲西藏绕过一大群记者的时候，跟做贼一样，简直太尴尬了。

冯助理从冰箱里找出一罐冰镇饮料走过来，她打量了这个紧抿着唇一言不发的姑娘几眼。

在意识到这姑娘极有可能就是未来的老板娘后，冯助理堆起笑脸，亲切地喊她："颜小姐，覃总正在书房里处理一点儿急事，马上就会出来，您别着急。"

"我不着急。"

"哎？"

颜小弯接过饮料，冲她礼貌地笑了笑，认真解释："今天晚上解剖楼被老师征用了，不许学生使用，所以我今晚不着急回去的，你放心好了，我不会催他的。"

冯助理一愣，跟着干笑两声："那就好，那就好。"

冯助理本想陪着颜小弯聊几句，让颜小弯不至于无聊，但颜小弯已经从包里翻出了几本厚厚的专业资料看了起来，现在看来好像也没什么必要了。

冯助理偷偷瞄了颜小弯几眼，发现资料上都是些密密麻麻的英文和人体解剖详图，就默默收回了目光。

不愧是学霸呀……

覃洲木此时正在书房里与私人律师详谈。

冯助理在查这张照片的来源时，不可避免地查到了他的养父母头上。不查不打紧，一查就顺藤摸瓜地查出了不少隐秘的东西，其中，就包括覃洲木与覃屿树兄弟俩的真实身世。

他们俩的事情其实并不是什么秘密。

他和覃屿树都是不能生育的养父母领养的孩子。多年前还有媒体拿这件事做过文章，说覃氏企业备受信任，长久不衰不是没有理由的。除了具有商业头脑外，覃氏夫妻还乐善好施做了不少好事，比如收养孤苦无依的他与弟弟。

而且，覃洲木知道养父母并非只做表面文章，对他们兄弟俩的照顾的确是无微不至的，即使他们对他纨绔的行为诸多不满，也顶多是骂一骂罢了。

但不知为什么，看似融洽的关系里，总有一层说不清道不明的隔阂。

覃洲木隐约记得，养父母曾说过，他们兄弟俩是从福利院收养的，亲生父母早早遭遇意外逝世了。可现在看来，事情并没有这么简单。

他在几个小时前得知，养父母与他们兄弟俩的亲生父母在多年前是世交，可后来养父母设计夺取了他们亲生父母的财产，还将尚在襁褓的他们据为己有。是养父母逼死了他的亲生父母，但传闻却说他的亲生父母死于一场古怪的大火之中。

这些事过去二十多年了，其中种种细节，也查不出详细情况来了。

但这些惊人的秘密都是养父母生前的好友，也就是照片中部分参加聚会的人透露出来的。他们本就只是相互依存的利益关系，现在覃氏夫妇亡故，他们便也没什么好顾忌的了。

覃洲木向私人律师坦白了一切。

王律师有些焦虑，起身踱了几步。

"如果事情真是这样，那么说句不好听的话，如果当年他们没有发生意外的话，覃氏企业的继承权将不属于您。我在成为您私人律师那一刻起，就查过您以及公司的全部资料。七八年前，老覃总就与多位老家的远方亲戚接洽过，有意向让他们来公司就职，还有其他种种迹象都表明，他们有意向培养新的继承人……"他还欲再说，覃洲木却打断了他。

"好了，我知道了。"覃洲木声音很冷，"不管怎么说，事情过去这么久,他们已经身故,这些没有经过证实的旧事就别再提了。"

王律师讷讷地住了口。

覃洲木却有些想不通,甚至觉得这些所谓的真相有些匪夷所思。

那些事是真的吗?

如果是真的,他为何能轻而易举地查到这些隐瞒了二十多年的秘密,说出这件事的人未免太口无遮拦了。

他的脑海中不由得浮现出养父母微笑的脸,心中一颤。

难道,让他此刻顺藤摸瓜得知这尘封多年的真相,是神秘人有意为之的吗?

不得不说,他亲生父母的死与养父母的死有非常微妙的相似之处。

这让他不得不怀疑,五年前的覃屿树是否已经知道自己的真实身世呢……

思忖良久,覃洲木脸上的表情越发阴郁冷酷。

一个接一个的谜接踵而来,寻找覃屿树的事,已经刻不容缓了。

覃洲木和律师谈完走出房门时,正好看到缩在沙发一角看书的颜小弯。

微弱的夕阳余光透过轻薄的窗帘打在她的身上,看上去暖融融的。她头上原本梳得规规矩矩的马尾,不知怎的,有一小缕碎发从她的耳后滑落,调皮地垂在她白皙的脸颊上。她丝毫没有注意到,一副看书看入迷了的样子。她此时看起来干净柔弱,一点儿也没有之前表现出来的生疏感。

覃洲木微怔,这才想起自己安排冯助理让她过来一趟。

他看一眼挂钟,已经六点了,估计颜小弯等了有一阵了,可她依然不急不躁,淡定得很。

他示意坐在沙发另一端的冯助理送王律师出去,这才慢慢走至颜小弯跟前。

颜小弯将书合上,抬头看向覃洲木,一脸严肃:"找我什么事?"

话音刚落,覃洲木就已经将一沓最近这段时间获知的线索递到了颜小弯眼前。

"这是什么?"颜小弯接过,随手翻了翻。

"关于爆炸案,目前我所知道的所有东西。"覃洲木答。

颜小弯动作一停,又将文件递回给覃洲木。

"我不看。"

这种文件隐私性太强,看完说不定会被覃洲木借此机会要挟,颜小弯下意识有些警惕。

覃洲木一挑眉:"哦?"他坐到颜小弯旁边,凑近她几分,呼吸浅浅地打在她的脸颊上,"你不想知道真相,替你父亲辩白了?"

"想是想,但我之前明明白白说过我怀疑你,你别想以此举动贿赂我,打消我对你的怀疑。"颜小弯退后一些。

覃洲木低笑一声,一点儿也不介意她的抗拒。

"可你不是已经答应了,要和我一起的吗?"他轻飘飘地扫了她一眼,语速轻而慢,表情居然有些委屈,"怎么?你要反悔?不和我一起了?"

　　颜小弯也不知道怎么回事,听完他这句话后,脸上突然腾起一股莫名其妙的热气,也不知道该回什么好。

　　自己的确答应了要和他一起……查出真相的。

　　她果断收回手,认真翻阅起资料来,不再和他争这些有的没的,反正自己也争不过。

　　可虽是如此,颜小弯还是忍不住想,覃洲木怎么突然变得这么大方了?明明上次在医院的时候还一副满不在乎的样子,什么也不肯说。

　　覃洲木静默下来,半合上眼闭目养神。他隐隐能闻到颜小弯身上传来的,若有似无的洗发水的香味,不同于浓烈的香水味,是很舒服、很安心的味道。

　　他嘴角微微扬起一点儿弧度。

　　他想颜小弯恐怕怎么也不会知道,他会做出这种决定,是因为她发出的那条短信——"我不信的。"

　　她就这么毫不犹豫地相信他不会做出这种事。

　　而受够了欺瞒、嘲讽、唾弃和各种明里暗里陷害的覃洲木,下意识对周围所有人保持怀疑的覃洲木,已经很久没有被人这样无条件信任过了。

　　所以,他冒出一个本不该出现的想法,他愿意试试看,选择信任她。

Chapter 21

他说这句话的语气里带了丝难以言喻的温柔。

天色已经很晚了,楼下的记者们都四下散开了,估计是打算养足精力明日再来。

覃洲木合上窗帘,单手插在兜里,走过来拿起茶几上的车钥匙。

他看一眼已经看完所有资料、兀自陷入沉思中的颜小弯说:"我送你。"

他没有让冯助理开车,而是亲自驱车送颜小弯到了鹤安医学院,一路无话。

下车前,颜小弯客套地说:"别送了,我自己进去就好了。"

覃洲木却并没有把车门锁打开,而是慢悠悠地看着她:"你说不送就不送,那我岂不是很没面子?"

颜小弯微微有些讶异:"如果你被其他同学认出怎么办?骚扰事件闹得大家人心惶惶,你就不怕?"

覃洲木觉得好笑："我有什么好怕的？"他的手肘搭在方向盘上，单手撑着下巴一副若有所思的样子，"还是说，你怕被牵连？"

颜小弯耿直地摇摇头："如果你被认出，大家只会同情我吧，我有什么好怕的？"

覃洲木轻笑一声，低头解开自己的安全带，车顶的灯光映在他眼睫上，在他下眼睑处投下一片阴影，他嗓音淡淡的："这么晚了，你以为停车位很容易找吗？"

"啊？"颜小弯的眼睛微微睁大。

他声音一顿，转而道："你也不担心真有变态出没？"

颜小弯认真地想了想，一本正经道："陆翩芸说过我有一张正气凛然的脸，任谁见了都退避三舍，很安全的。"

她很难得地开了一个玩笑，想尝试着缓解缓解气氛，但可能是她表情过于严肃，覃洲木并没有笑。

覃洲木默默抬眸，眼神里带着些说不清的意味，不顾她有什么反应，骨节分明的手指极快速地在她头顶揉了一把，然后道："好了，傻姑娘，快下车吧。"

"……"

颜小弯知道自己第一次正式地开玩笑，以失败告终了。

两人一路慢吞吞地走在校园里，这个点只有三三两两的情侣在散步，估计是受性骚扰事件的影响，没什么女生敢单独出来了。也因为人不多，所以也没人注意到覃洲木和颜小弯。

这时，颜小弯脑子里突然冒出一个念头。

他们大概是将她和覃洲木也当成一对普普通通的情侣了吧？

这一闪而过的念头把颜小弯自己都吓了一大跳，她赶紧摇头将这个想法抛开了。

寝室楼下的绿化带旁有一排长椅，覃洲木随便找了个位置坐下。颜小弯看他的样子，以为他还有话要跟自己说，便也跟着他坐下。

可覃洲木却半晌没有说话，颜小弯本就话少，便也跟着保持安静，她将覃洲木刚刚给她看的文件，仔细地在脑海中过了一遍。

根据资料上的内容，再加上许桑娅最初的笃定，她终于无比确认，当年爆炸案的始作俑者就是假死的覃屿树。

当年到底发生了什么，她其实不是很关心。她的想法很简单，只是为了替无辜枉死的父亲找出真相罢了。

她明白，覃洲木想找到弟弟覃屿树，可自己呢？

如果有朝一日真的见到了覃屿树，自己还能义正词严心无旁骛地举报他吗？

她心如明镜，非常明白自己心里的答案是不能。

她会忍不住顾及覃洲木的情绪，她已经知道覃屿树是覃洲木的弟弟了，所以她无法做到完全的冷漠。

覃洲木其实是为了保护弟弟，所以才以退为进，邀请自己一起查清真相的吧⋯⋯

颜小弯纵使无比清楚这一点，对他的行为，却一点儿也不反感，一点儿也不排斥，还隐隐有些开心。

这大概是魔障了吧！颜小弯默默想着，看来自己该多看看书补补脑子了。

寒风丝丝缕缕钻进衣服里，颜小弯打了个喷嚏，喃喃一句："今天晚上好冷。"

覃洲木"嗯"了一声："入冬了。"

五年前的爆炸案正是发生在冬天，时光荏苒，一晃已经过去五年了，覃洲木不禁有些恍神。

颜小弯不知怎的，突然想起陆翩芸日日给她灌输的恋爱思想，按道理男生对女生说这句很冷的台词的时候，不是应该主动脱外套给她披上吗？

她侧头看了覃洲木一眼，看他一点儿要脱外套的意思也没有。

嗯，看来这种话很不靠谱啊，以后她还是不能信陆翩芸的话。

"不早了，进去吧。"覃洲木起身，仿佛刚才只不过是因为累了，才坐下来休息会儿。

"再见。"颜小弯说。

"嗯。"

嘴上虽这么说，颜小弯却没有动，她继续坐在原地，默默注视着覃洲木。

覃洲木的身形很好看，高挑颀长，丝毫不比模特差。看着看着，她不禁有些发怔。

覃洲木没走几步，就停住了。他突然转身定定地望着她，刚好和她呆愣的眼神对视。他似笑非笑地轻轻抬眉道："怎么，你是打算坐到过年吗？"

颜小弯清了清嗓子："没有啊，现在离过年还有好几个月吧？"

"那怎么还不进去？"他尾音微微上扬，低哑而有磁性的嗓音，此刻如暖风般轻巧地在她心上挠了一下，有些痒。

颜小弯在他的注视下慢慢站起来，看了看月亮又看了看他。

她刚想说"我只是没来得及起身"，却又哽住。

纵使覃洲木经常笑，一副温润体贴的样子，却往往笑不及眼底，给人遥不可及的距离感。而此时，他整个身影笼罩在一片朦朦胧胧的月光下，衬得冷峻的轮廓一片柔和。他眼底的冰凉淡漠也消散了不少，让人忍不住想亲近，哪怕是沉溺其中。

她突然有些舍不得这么快就进去，一下子就改变了主意，又坐下，语气镇定："今晚月色很美，空气也很清新。"她生硬地躲开覃洲木的目光，"嗯，我还想再坐会儿，你先走吧，别管我。"

覃洲木一顿，似笑非笑地弯了弯嘴角："哦，舍不得我？"

颜小弯果断站起来，往寝室楼入口走去。

颜小弯刚一步入楼梯口，不知怎的，又鬼使神差地回头看向他刚刚站立的位置。

覃洲木还站在原地，双手抱胸，好像知道她会回头一样，眉眼深邃，唇畔边噙着惯常的笑盯着她看。

她一愣,这一刻,空气中仿佛有某种暧昧的电流流过。

过了好几秒,覃洲木才再度开口:"快进去吧。"

他说这句话的时候,语气里带了一丝难以言喻的温柔,颜小弯几乎以为自己出现幻听了。

她的心突然跳得很快,霎时间有些手足无措,也不知道该说什么好,扭头极快速地跑进了寝室楼里。

直到跑到二楼与三楼之间的转角处时,她才停住脚步,捂住心口大口呼吸,有些无法解释自己突如其来的紧张和手心冒汗。

颜小弯平复了好一阵,才小心翼翼地朝敞开的窗口向下探去。

覃洲木还站在那里,望着楼梯口,不知道在看什么。

过了好一会儿,他好像确信她不会再跑下来干吹冷风这种傻事,才慢悠悠地迈步离开了。

颜小弯远远地看过去,一盏接着一盏的路灯将他的影子拉得很长很长,仿佛要一直蔓延到她的心里。

覃洲木低着头,不知道在做什么。

而几分钟后,颜小弯的手机在口袋里振动了一下,她拿出,点开,是覃洲木发来的短信。

"晚安。"他说。

Chapter 22

能长长久久地喜欢一个人，
真好。

新闻发布会准时开始了。

可当事人覃洲木却没有出现，而是由冯助理宣读了一份非常简洁的声明。

声明的大致意思就是否认性骚扰了鹤安医学院的女学生，同时，会协同警方一起，彻底追查性骚扰事件的真凶。声明很官方，掷地有声，非常清楚地表明了覃洲木的态度——不会对莫须有的事情道歉。

新闻记者们面面相觑，他们算是明白了，本以为这桩性骚扰事件会让覃洲木大惊失色，赶紧向当事人道歉以挽回声誉。毕竟受害者的口供以及监控录像的佐证，都指明了他就是变态，别无二人。

谁知人家根本不屑一顾，也不多费口舌辩解。

颜小弯看到这里，默默地将视频关掉，她大概是抽风了才会准时准点起床,打开直播看这场发布会吧。虽然她也猜到了覃洲木不会出席会议,解释这种莫须有的东西。

自那晚起,覃洲木就没有联系过颜小弯了,也不知道在忙些什么,难道调查又停滞不前了吗?

颜小弯想起他调笑的脸和话语,突然有些不适应,心里莫名有些烦躁。

她皱着眉叹了口气,自己什么时候对覃洲木这么关注了?

身后传来窸窸窣窣收拾东西的声音,她扭头,有些意外地看着许桑娅:"桑娅,你要出去?你明天不去上课了吗?"

按许桑娅的惯例,一旦周末出门就会一连消失好几天。

许桑娅穿上外套,拎起皮包:"今天不是周末嘛,哎呀,你放心,我很快就回来的,我明天还要赶回来上课呢。从现在开始,我要天天准时上课。"她朝颜小弯调皮地努努嘴,"向你学习,向你致敬!"

"那好吧……你这么早要去哪儿?"颜小弯随口一问。

许桑娅轻轻打开寝室门,动作很轻,不至于吵醒还在睡懒觉的陆翩芸。她吐吐舌头:"我打算去徐倦所在的医院考察考察,我不是跟你说了嘛,我以后啊,也要去那家医院,和他一起……工作的。毕竟,也只有这个比较容易实现嘛。"她自我调侃。

颜小弯想起来了,许桑娅的确曾神神秘秘地跟自己说过这回事。

她朝许桑娅做了一个鼓劲的手势:"加油!"

许桑娅一愣,有些没明白她是让自己加油学习还是怎样,回以一个更大的笑容:"我会的!"

颜小弯目送她出了门,这才将视线重新凝在电脑屏幕上。马上要放寒假了,自己千万不能在这个时候松懈。

可她又忍不住有些出神,一个个晦涩难懂的专业名词慢慢幻化成了前几天晚上,覃洲木朝她微笑的脸。

能长长久久地喜欢一个人,真好。

许桑娅其实并不是为了考察医院什么的,而是又一次来到医院附近那处铁围栏。

一次不行那就两次,两次不行那就三次四次。

她就不信了,自己天天蹲点还逮不着机会!

她有些紧张,明知道徐倦不会在这个时间段出现,却还是有种做贼一样的感觉,生怕撞见他。凭经验来看,他总能一针见血地戳穿她的谎言,她可再没有借口解释自己为什么又出现在这里了。

幸运的是,她这次不光没有遇见徐倦,还如愿以偿地见到了阿康,而且他是独自一人。

阿康一个人正百无聊赖地蹲在地上玩着手里的一根狗尾巴草,口里念念有词,不知道在说些什么。

许桑娅反复确认他周围没有其他病人和护士在后,小心翼翼地朝他靠过去。

"阿……阿康是吗?"

阿康闻言警惕地抬起头看着她,龇牙咧嘴的,有些吓人。

许桑娅被这眼神看得心底有些发毛，笑容却越发温和可亲："阿康，你忘了我了吗？"她从皮包里掏出一大把糖果，隔着铁围栏塞到阿康手里，"你不是想和我一起玩吗？所以我来陪你玩了。"

阿康愣愣的，陷入迷惘。

他捧着一把糖果，上上下下打量着许桑娅，想了好久都没想明白："你谁呀？"

许桑娅一噎，显然没料到他会认不出自己。

"我是许大美人。"许桑娅耐心解释。

"许……许大美人，真的吗？你不是骗人的吧？许大美人明明是黄色的！"阿康脑海中浮现出上次见过的许大美人的样子，还是有些怀疑。在他固有的观念里，只有穿着黄色裙子的才是许桑娅。

许桑娅松了口气，笑眯眯的："对啊，是我，我今天换衣服了，看到我开不开心？"

"换衣服？我今天也换衣服啦！"阿康指一指自己蓝白相间的病号服。

他其实有些不明白，分明自己每次换衣服都是换同样的衣服呀，为什么许大美人会换不同的衣服呢？

但他懒得纠结这个问题，欢天喜地不管不顾地直接把糖往嘴里塞，边塞还边嚷嚷："哥、哥哥也说过你一定会来的，我本来还不相信……原来他这么厉害呀，一说一个准！"

许桑娅听到"哥哥"这个词，心跳开始加速，试探地问："哥哥？是谁呀？"

阿康不理解她什么意思："哥哥就是哥哥呗，姐姐就是姐姐呗，弟弟就是弟弟呗，妹妹就是妹妹呗，还能是谁？"

"你！"许桑娅语塞，她强自按捺住自己的情绪，反复叮嘱自己不要跟一个傻子急眼，这才挤出一副笑脸，"我的意思是……"

她压低声音："哥哥的名字是不是叫……覃屿树？"

说出这三个字的时候，她的心脏几乎快跳到了嗓子眼，又期待又兴奋又害怕。

人总是这样，明明自己心里知道准确答案是什么，却总期望着从别人口中证实。

可阿康的眉头却皱了起来："覃、覃什么？我怎么听不懂你的话？"他情绪突然失控，变得暴躁又焦虑，把糖果丢到地上，还试图把嘴里的糖吐出来，"你是不是觉得我傻，所以诓我玩？呸呸呸！你才是傻子，你才是天下第一号大傻子！"

许桑娅根本不知道自己怎么惹怒了阿康，有些手足无措："我不是这个意思。"

阿康起身，身形上的压迫感一下子让许桑娅意识到，他其实是个成年人。

阿康的手指抓住铁围栏，表情阴沉得可怕，看起来好像要破围栏而出："徐医生说得没错，你们……你们都是坏人！"

许桑娅一怔，也跟着他站起来："徐医生？你是说徐倦？"

Chapter 23

"那如果，我亲你一下呢？"
覃洲木打断她。

某栋精致华贵的私人公寓里，覃洲木正在书房和几个亲信详谈。

他这几天很忙，忙得脚不沾地。

公司股票因为这起所谓的性骚扰事件而一落千丈，公司的声誉受到了很大的影响。同时还引发了金融界的广泛讨论，各种舆论简直要将他贬得一文不值。

虽然一切都在他的意料之中，但股东们却按捺不住了，打电话轮番轰炸，要求覃洲木给个说法。说到最后，各种难听的话也放出来了，说什么反正他也不是老覃总的亲生儿子，既然行事这么纨绔放荡，还不如及早卸任算了，将职位交给其他更有能力的人。

覃洲木早预料到了会是这样的状况。

他之所以迟迟举棋不落子，就是为了等待这一刻。

大换血！

覃洲木非常明白，目前来看，自己暂时无法洗清神秘人安在他头上的罪名。神秘人这简简单单的一招，不仅让自己站在了风口浪尖上，引得媒体记者蜂拥而至，还让自己寻找弟弟的过程变得更加举步维艰。

既然如此，倒不如将计就计，利用这一变故将公司明里暗里对他抱有敌意的隐藏势力——挖出来。

他与几个从银星市匆匆赶来的亲信详谈了很久，制定了新的应对方案。

覃洲木一提出方案，就让那几个亲信咂舌不已。他们这才彻底明白，覃洲木一直蛰伏、隐忍不发，就是为了寻找一个适当的契机。

而现在，契机来了。

等这起波澜平息后，覃洲木的金融头脑注定将在资本市场大放异彩。

他们摩拳擦掌地离开，按覃洲木制定的方案，准备开始大展拳脚。恰好这个时候，那张照片中聚会的人员名单也出来了。

是从一个参加了聚会、但籍籍无名、有收藏癖好的人那里找到的。

冯助理敲了敲书房的门，将这份新鲜出炉的名单交到了覃洲木手中。

他沉默地看了一遍又一遍，将几个熟悉的名字反复在心底嚼了嚼，这才淡淡开口："去鹤安医学院。"

"哎？"冯助理愣住了，"这个时候吗？可、可楼下还是有不少记者在蹲守，不太安全吧……"

"不用管他们。"

"好的。"冯助理点点头，坚决执行老板的一切指令，她和守在门口的几个保镖护送着覃洲木下楼，上车。

好几个记者扑到了覃洲木的车窗上，各种尖锐的问题一一钻进在场每个人的耳朵里，连冯助理听着都有些尴尬，覃洲木却充耳不闻。

"覃总，您是要去鹤安医学院找李院长吗？"冯助理在副驾驶上正襟危坐，试图改善下紧张的气氛。她感觉，覃总既然敢在大白天出门，肯定是有什么顶要紧的事情，说不定是找到了证据可以证明他并不是性骚扰的变态了。

"我找颜小弯。"

覃洲木提到这个名字时，心情也不由得放松了些许，眼底浅浅的笑意转瞬即逝。

"哈？"冯助理瞠目结舌，有些不敢相信自己的耳朵。

覃洲木看她这么大的反应，从后座抬眼扫她一眼："怎么了？"

"没事，嘿嘿，没事没事。"冯助理干笑，就算有话也不敢说出口呀。

她偷偷瞄了瞄后视镜，都这种紧要关头了，还不忘谈恋爱，看来覃总果真对颜小弯姑娘重视得很哪……

她脑补了下耿直的颜小弯呛覃总的画面，忍不住打了个寒战。

颜小弯在收到短信的那刻便跑下了楼，她开门的动作吓了刚刚醒来的陆翮芸一大跳。

陆翩芸挠了挠头："小弯，你去哪儿？你周末不是基本不出门的吗？"

颜小弯握紧手机，稍显僵硬地说："有事。"

"说好的认真复习呢……说好的给我起带头作用呢……"陆翩芸惊住了。

"嗯，我忙完事就回来。"颜小弯犹豫了下，"你如果有什么不懂的地方，提前圈出来，我一回来就分析给你听。"

"……"

陆翩芸看了看同样空荡荡的许桑娅的床铺，没想到自己居然能有一天单独待在寝室里。她默默翻了个身，继续睡了。

颜小弯刚一下寝室楼梯，就看到覃洲木静静地坐在前几天那张长椅上，他长腿交叠，一副随意而悠闲的样子，根本不怕被人看见，好在这会儿没什么人。

颜小弯平复下呼吸，急促的脚步慢下来，这一刻仿佛岁月悠长。

"什么事？"她终究还是停在了他身前。

覃洲木摸了摸下巴，一挑眉，语气有些暧昧："没事就不能找你吗？"

颜小弯皱眉："你短信里不是说有新情况吗？"

覃洲木如水墨般深邃的眉眼里漾起些许无可奈何的笑意，他突然亲昵地捏了下颜小弯的脸颊，语气也亲昵得很："傻姑娘。"

颜小弯一愣，弯腰，快速地伸手在他脸上也掐了一把。

她今天没有扎头发，柔软的发丝垂在脸颊两边，被风拂起，轻轻划过覃洲木的鼻尖。

　　覃洲木微怔，却听到她一本正经的声音："这下抵消了。"

　　颜小弯看覃洲木依旧没什么反应，又补充道："你掐我一下，我也要掐你一下才对。"

　　此刻的颜小弯都没意识到，自己生出一种从没有过的狡黠。

　　"哦，原来你这么斤斤计较？"覃洲木若有所思。

　　"那当然，我可不是包子。"包子这个词也是她从陆翩芸那儿学到的，好像是特指软弱可欺的人。

　　"那如果，我亲你一下呢？"覃洲木打断她。

　　颜小弯呆住，脑子里突然一片空白。

　　"你是不是，也要亲我一下才对？"他定定地注视着颜小弯的眼睛，看着她慢慢地红了脸，这才慢悠悠地低笑一声，"开玩笑的，你怕什么？"

　　颜小弯不回话了，在他的示意下坐在长椅上，心里却忍不住想：我才没有怕呢……有本事你……你……

　　覃洲木在她出神的这段时间里，已经将一张 A4 纸拿了出来。

　　颜小弯心思灵巧，在看到这张纸时就立刻反应过来："那聚会名单？找到了？"

　　"嗯，完整版。"

　　覃洲木手指搭在椅背上，没意识地敲了几下。

　　他目光悠远地落在远处一栋设有人体标本陈列室的教学楼上，嘴角边是若有似无的讥诮。

"你有什么想法？"

颜小弯狐疑地接过，没明白覃洲木这话是什么意思，但还是仔细看了起来。

崭新的A4打印纸上，一行一行密密麻麻的名字里，有一个颜小弯无比熟悉的名字，她反复盯着看了好久。

这个名字并不常见，重名的几率并不大。

她惊诧地抬眸与覃洲木对视一眼。

"徐老师？"

徐倦的名字赫然就在名单之内，颜小弯大脑开始飞速运转，推测各种可能性。

如果真的是他，那么，他是以什么身份出席这种私人聚会的呢？

更进一步猜想，如果背后的神秘人就是他，他又为何会跟覃氏家庭合影呢？他看起来不像是追捧虚荣权贵的人，难道覃氏夫妇认识他不成？

一切都是谜，没有人能给出准确答案。

不管他是不是神秘人，为今之计，是找到徐倦问清楚五年前他为何会出现在聚会上。

现在是周末，徐倦当然不会出现在学院里，估计要么是在家里要么是在医院。

他虽看起来性子淡泊清闲,实则每日行程都安排得很满,不会让自己空闲下来。

所以,他们打算先去一趟医院。

颜小弯开始庆幸自己下楼时穿上了比较厚的衣服,这才不至于冷上一整天。她跟着覃洲木往停车的位置走过去,眼睛四处看了看。

"冯助理呢,她没和你一起来吗?"

覃洲木撒起谎来脸不红心不跳的:"嗯,她没来,我一个人开车来的。"

颜小弯下意识地觉得有些古怪,却说不出来。按理说,现在这种情况下,覃洲木基本不会单独出门。

"怎么?"覃洲木眯了眯眼,"你想见她?"

"没有啊。"她摇头否认,看了看没什么表情的覃洲木,这没来由的酸味是怎么回事?

不远处,冯助理和刚才开车的保镖正在拦一个尾随着他们而来的记者。

她偷偷瞄了瞄毫不留情撇下他们离去的车,忍不住在心里吐槽:覃总是为了拦记者才带我们出来的吧!甩掉了尾巴就不搭理我们了,自顾自地泡妹去了,这么重色轻下属,真是没天理啊!

"你怀疑徐老师就是发短信的人吗?"颜小弯呼出一口白气望向覃洲木。

"我从不轻易下定论。"覃洲木说。他说这句话的语气很冷,和惯于开玩笑的那个他完全不同。

颜小弯点点头,静下心来,平心而论,她也不愿意怀疑徐老师。

覃洲木静默了片刻又补充:"对你也是一样。"

颜小弯尚处在沉思中,冷不丁听到这句话,她不明就里,偏头看着覃洲木的侧脸:"什么一样?"

覃洲木表情很正经,声音淡淡的:"我不会轻易下定论,一旦下了定论……"

他突然顿住,没有继续往下说,而是兀自笑了笑,嘴角上扬的弧度好看又迷人。

"一旦下了定论就怎样?"颜小弯好奇地问。

覃洲木侧头看她一眼,她的瞳孔亮而纯澈,不施粉黛的嘴唇泛着自然的浅红色。

他极快速地收回目光,喉结上下滑动了一下,显然并不打算再继续这个话题:"饿了吗?想吃什么?中餐、西餐,还是日料?"

"我不是很饿。"颜小弯说,"我一个小时前刚吃过早餐。"

覃洲木一顿,慢条斯理道:"可我饿了。"

颜小弯想了想:"那就中餐吧。"

覃洲木不置可否,唇畔边勾起浅浅的弧度,手中的方向盘按着她的意思转向了另一条街。

现在不说出口,只是怕吓到你,怕你逃走。

我一旦在内心下了定论,你就逃不了了,颜小弯。

Chapter 24

"对,你说得对,我是恨他,恨他为什么不死在那场爆炸里!"

许桑娅安抚了好久,阿康才再度安静下来。

她从他断断续续的话语中明白过来,以前有过几个无聊的人,喜欢说一些奇奇怪怪的话逗他玩,他听不懂,那些人就骂他是傻子。

阿康委屈地瘪瘪嘴:"还是哥哥最好了,会帮我赶走他们。"说到这里,他越发兴奋,手舞足蹈起来,"还有一次,哥哥直接翻过围栏揍了他们一顿,他们再也不敢来了,哥哥好厉害!"

许桑娅:"……"

她对这些事,实在不感兴趣。

从阿康的话里,她只能得出一个信息,那就是覃屿树这五年一直活得好好的,甚至还能翻墙,还能揍人。这对于恨覃屿树入骨的她来说,并不是什么好消息。

她想打探出更多别的东西,比如覃屿树和阿康是什么关系、覃屿树也是这里的病人吗、他也和阿康一样有精神上的疾病吗……

再比如，徐倦认识覃屿树吗……

虽然这个问题的答案已经呼之欲出，但许桑娅却不愿相信，她不愿干净温暖的徐倦和黑暗痛苦的过去搅在一起。

而覃屿树恰恰就是她逃脱不了的梦魇。

许桑娅还打算再问，阿康却没了说话的兴致，喃喃着自己困了，要回房间睡觉了。

许桑娅急了："怎么这么早就睡了？"

阿康揉揉眼睛："再见，许大美人，明天我们再继续玩吧！"

"别呀，我还没问……不是，你……"她越急越不知道该说什么好，不管不顾地伸手进去扯住阿康的袖子，只觉得这次阿康进去了，下次又不知道什么时候才有机会能看到他了。

阿康因为许桑娅的动作愣住了，脸白一阵青一阵的，他突然猛地甩开许桑娅的手，好像很排斥跟陌生人接触。

"放开我！"他大吼。

许桑娅被他的反应吓了一跳："好好，我放开，你、你声音小一点儿。"

"你走开，呜呜呜呜呜……"阿康嘴巴一撇，马上就要哭出来。这样一个成年人，却做出小孩子才会做的举动，委实有些怪异。

许桑娅本就没有哄小孩儿的经验，更何况是这种"大型巨婴"，她愣在原地不知道该怎么办才好。

"阿康，你又怎么了？"阿康身后传来一个温和的男声，那个声音在说完这几个字后，极压抑地咳嗽了几声。

许桑娅如遭雷击，身体瑟缩了一下。

她没料到覃屿树会再度出现，难道覃屿树真的也是这里的病人吗？她不敢再多说什么，此刻，快速离开这里比安抚阿康的情绪更加重要，但她又忍不住想再看清楚一些。

阿康率先一步看到覃屿树，立即扭头，一脸依赖地扑向覃屿树怀里："哥哥！"

覃屿树听到这两个字，笑容越发温柔，他轻轻拍了拍阿康的后背，安抚阿康："好了，别闹了，哥哥在这里，别怕，哥哥会保护你的。"

"哥哥，哥哥！"

许桑娅躲开阿康和覃屿树的视线，依靠着绿色藤蔓的遮挡小心谨慎地后退。她全部的注意力都放在眼前，却不小心撞到身后的人，她浑身一僵。

"桑娅，你怎么在这里？"

是颜小弯的声音，她刚刚才从医院地下停车场的方向走过来的，一走近，就看到了举止古怪的许桑娅。

许桑娅心底一松，刚想回头叮嘱颜小弯小声一点儿，却不期然看到她身后面无表情的覃洲木。

她嗓子眼瞬间被堵住，什么声音也发不出来。

"屿树？"

覃洲木并没看许桑娅，他心头巨震，大跨步走过去，伸手拂开碍眼的藤蔓。只一眼，纵使是隔了很远的一眼、转瞬即逝的一眼，他也能立刻认出覃屿树。

更何况，他还听到了听了十多年的无比熟悉的声音。

覃洲木这段时间耗尽心力，花了大笔钱避人耳目，没日没夜地寻找覃屿树，找遍了鹤安的每条大街小巷，都没有找到覃屿树的踪迹，他怎么也没想到覃屿树会在医院出现。

而且，刚刚屿树安慰阿康的话语，恰好就是当年自己经常对他说的话。

可此时，覃屿树已不见了人影，阿康也消失了。

覃洲木脸色阴沉得可怕，覃屿树分明听到了他的声音，却不管不顾地逃离了。

"在这里等我。"他丢下这句话后，毫不迟疑地抬脚，一蹬，干净利落地翻过了铁围栏。

颜小弯下意识地也想跟着他过去，却发现自己无法翻越高高的围栏。她打算顺着铁栏杆找进去的入口，却被许桑娅拉住："这关你什么事？你别去，我们走，我们离开这里！"

此刻，颜小弯转身拉住许桑娅的手，问："桑娅，你早就知道覃屿树在这里，对不对？"

"我……"许桑娅语塞，手指的力道却一寸寸收紧，好像在借此动作掩饰自己慌乱的内心。

颜小弯眉头拧成了结，叹了口气，一口气说出好多话："就算你不想告诉覃洲木，你完全可以告诉我，然后我们一起想办法解决啊。我完全明白你的心理的，我知道他就是当年爆炸案的主使，你因为他差点儿死掉，直到现在肩膀还留有伤疤。我知道，你恨他，但我也恨当年的那场爆炸，如果爆炸没有发生的话……"

颜小弯想起自己的父亲，眼眶泛红，说不下去了。

许桑娅眼里骤然涌起泪水，不受控地流出来。

她的手指紧紧抓住颜小弯的外套，表情狰狞，声嘶力竭地喊："那你知道他没死这件事，对我有大冲击吗？那你知道当年发生了什么吗？"

许桑娅全身脱力，颓然地蹲下来，以手捂面，温热的泪水打湿了掌心，声音却无比冰冷，宛如一条毒蛇。

"对，你说得对，我是恨他，恨他为什么不死在那场爆炸里！"

Chapter 25

那是她做梦都想不到的可怕场景。

转眼已是隆冬。

许桑娅扳着指头算了算,自己和那个莫名其妙就叫人帮忙的少年已经认识有两三个月了。

认识的那几天,他们聊了很多,那少年也了解了许桑娅的身世和名字。他并没有像其他人一样排斥她,而是带着些莫名其妙的同情和亲近。

许桑娅实在不明白,这么一个富家公子为什么会理解像她这样的孤儿。

他们完全是不同世界里的人,遵守着不同世界里的规则。那些规则死死地束缚了他们,让他们的生活方式完全不同。

可奇怪的是,那少年却能理解她。

或许正是因为这样,许桑娅才不由自主地愿意和他交流,愿意把自己的事情告诉他。

可少年并没有告诉许桑娅他的名字，而是让她叫他哥哥。

"哥哥？"

许桑娅觉得这个称呼很可笑："呸，我许桑娅才没有哥哥。你让我叫你哥？那你有本事去帮我打架啊，那你有本事去帮我教训那群天天追在我身后骂的王八蛋呀，喊，没意思！"许桑娅不屑得很。

"好。"那少年微笑着应允，看起来真的就像一个温柔宠溺的大哥哥。

许桑娅没搭理他，料准了他不会有这个胆子。

他看起来一副病恹恹的样子，说不定还来不及出手就会被对方吓趴下。

可她没想到，他真的去了，还主动挑衅对方，结果一点儿也不意外，他被那伙人揍得鼻青脸肿。

当许桑娅听跟自己关系不错的同学说起这回事时，简直傻眼了。

她撸起袖子赶到巷子里时，却只看到人群散开，那少年正慢吞吞地从地上爬起来。

许桑娅急红了眼，手指颤抖，却碰也不敢碰他："哎，你这个人有毛病是不是？打架很爽啊？打架很爽是不是？"

那少年还在笑，白皙的脸上乌青一片，看起来有些滑稽："其实我是第一次打架……感觉还不错，挺、挺爽的。"

"你、你就是故意想让我歉疚是不是？"许桑娅说话凶巴巴的，"我告诉你，我才不会因为你这种莫名其妙的举动就叫你哥，神经病啊！"

"真不愿意叫哥哥就算了。"他苦笑,情绪有些低落,"看样子我真的没本事当哥哥。"

许桑娅看他这副有点儿沮丧的样子,有些后悔,想安慰安慰他,却无从说起。她想了想,她拍了拍胸脯道:"要不,你当我小弟,我罩你怎么样?"

那少年一顿,咳嗽了好一阵才摇摇头:"那……你愿意帮我一个忙吗?"

许桑娅答应了,她想左右不会是什么大事。

可后来,少年却很久都没有出现了。

他好像不是鹤安本地人,据他之前有意无意地透露,他是逃课跑来鹤安散心的。

许桑娅很不能理解他这种有钱人的做法,明明逃课是一件很简单的事情,为什么非得跨市呢?这得花一大笔钱吧?真是人傻钱多。

许桑娅扳着指头算了算,自己和他认识已经有两三个月了。他到底让自己帮他做什么呢?他不会连自己都忘了吧?

她开始好奇,也开始想念那个脸色苍白、笑容温和的少年。

她想念他傻乎乎的,因为自己一句话就去找人打架。

她突然觉得,自己不再是孤单一人了,终于有愿意关心她的朋友了,她有些开心。

她终于等到了,他再度出现在她眼前。

在之前约定好的地方等她,也就是他们初遇时那条小河边。

地址很好找，因为附近有一栋高高的百货大楼。

他还是瘦弱而苍白的样子，眼神却比上一次沉寂了许多，看起来像是等了她很久了。

许久不见，许桑娅内心还是很高兴的。可她还没来得及叙旧，那少年便一下子就切入了正题，他将怀里的一个小箱子塞到她手中。

"帮我把它带入那栋百货大楼。"他嗓音听起来有些沙哑。

许桑娅一愣："那你呢？"

"我有事，要先进去。"

许桑娅仔细端详着手里的箱子，她好像还隐隐约约听到里面传来"嘀嗒嘀嗒"的声音，她好奇地晃了晃："这是什么？"

那少年脸色一下子变了，焦躁地按住她的手："你别乱晃！"

许桑娅看他这副态度，也一下子来了脾气，赌气道："找人帮忙还不说清楚，算了，姐姐忙得很，你找别人吧！"

那少年一滞，好半天才吐出一句："是定时炸弹。"

许桑娅瞪大眼睛，压根儿不相信他的话，只觉得他牛皮吹大发了。

"那……"许桑娅故意装作紧张的样子，"我会不会死啊？如果炸弹提前爆炸了，我还来得及逃吗？"

"死？"他的表情有些困惑，隔了好久，他才微笑着摇了摇头。他眼神很冷，一丝情面也不留，轻飘飘地回复她，"那就去死啊。"

他的眼神带着与年龄不符的阴郁狠绝。

许桑娅却一下子"扑哧"笑出了声，只觉得他装大人还装得挺像模像样的，狠话放得颇有自己的风范。

"好了，好了，我帮你带进去。"她拍了拍他的肩膀，"看在你对我还不错的份上。"

那少年的眼神闪了闪："帮我将它转交给一对夫妇，"他顿了顿，"亲手送到他们手里。"

"夫妇？长什么样？"

那少年独自一人进了百货大楼。

许桑娅只好一个人抱着小箱子在人来人往的百货大厅等那对夫妇出现。

她有些局促，觉得自己与周遭格格不入，毕竟她从没来过这种地方。

她身上穿的衣服有些旧，是儿童福利院的姐姐淘汰下来的。她偶尔买一次生活用品，也是去最廉价的小卖部里，并不是院长不肯为她花钱，而是她懂事，不愿意给院长增添负担，所以尽量减少开支。

她眼睛滴溜溜地乱转，想着快点儿将这个所谓的"炸弹"给那对夫妇就离开。可还没等到那对夫妇，就看到一个熟悉的身影，是福利院的老院长。

她这才想起老院长又去学校替她求情去了，还特意嘱咐了让她在外面等他，可她到处逛来逛去，一点儿也不老实。走到河边，一看到那少年，她便将那叮嘱给抛之脑后了。

她脖子一缩，想避开老院长的视线，却已经来不及了。

老院长隔老远就看见了她，走过来无可奈何地拍了拍她的肩膀，温声训道："桑娅，怎么又到处乱跑？如果不是外头有熟人看见你进来了，爷爷还找不着你了！"

"对不起啊，爷爷。"许桑娅吐吐舌头，赶紧乖巧地道歉。

"学校的校长还是不肯松口……唉，算了，爷爷去联系别的学校，你别担心。"

"我……我不担心的，爷爷。"许桑娅有些愧疚和心酸。

"好了，我们先回去吧。"

许桑娅摇摇头："爷爷，您先回去吧，我还有点儿事，等会儿就回去。"

老院长一皱眉："小孩子家家，能有什么事？"

许桑娅毫无顾忌地将那少年交代的事情，告诉了自己最信任的院长爷爷。

老院长越听表情越古怪："是什么人找你帮忙？送个箱子而已，为什么会找一个不认识的人帮忙？"

许桑娅急着解释："不是不认识的人，我认识他，他人其实挺好的。"

语毕，她的余光正好看到一对夫妇走下电梯，衣着样貌和少年说的一模一样，她顾不上再解释，下意识地指向那边："喏，就是他们。"

老院长摸摸她的头顶，将箱子接过来："你一个小孩子哪里懂什么送东西，爷爷替你去送，你先出去等爷爷。"

许桑娅有些不甘心，却还是乖乖松了手："那好吧。"

看着老院长走出数十步，她心底隐隐生出些不安，下意识地扭头。

她隔着无数来来往往的人，正好看到老院长含笑地将箱子递给那对看起来温和高贵的夫妇。

她松了口气，可突然之间，意外发生。

"轰"的一声。

她瞳孔放大，呆立在原地，眼睁睁地看着远处白发苍苍的院长变成一个硕大无比的火球。

不过须臾，整栋大楼开始崩塌。

那是她做梦都梦不到的可怕场景。

再然后，她什么都看不到了。

只能感受到背部有灼热感，火辣辣的，比她十五年里受过的任何伤，都要痛。

这时，一个陌生温热的怀抱拥住了她，带着浑身僵硬的她快速离开爆炸现场。

那个人在她的耳边焦急地喊着什么，她无法听清。

她脑子里一片空白，全部思维都被那一声接着一声的震耳欲聋的爆炸声吸引住，铺天盖地的浓烟和灰尘，撕心裂肺的哭泣和叫喊，将她好不容易光亮一点点的世界，彻底拉入无边的黑暗之中。

许桑娅，心如死灰。

Chapter 26

他们之间的渊源难道如此之深？

许桑娅断断续续像倒豆子般，将这些年堵在她心里的东西一股脑儿地说了出来。

而颜小弯也告知了许桑娅，她父亲与爆炸案之间的关系。

两人聊完后，许桑娅累极了，伏在桌子上沉沉睡去。

这里是徐倦的办公室，是一个让她下意识感觉安心的地方。

之前，颜小弯知道自己无法追上覃洲木后，索性就放弃了。

她和覃洲木原本就是为了找徐倦才来的，所以她带着许桑娅直接找到徐倦的办公室，她笃定覃洲木等会儿就会过来找她。

徐倦此刻人并不在这里，但幸运的是因为她跟覃洲木上次来了这里一趟，所以其他医生以为他们是徐倦的熟人，便特意将徐倦的私人办公室打开，让她们进去休息等候。

时间过得很慢,颜小弯等了很久覃洲木都没有出现。

颜小弯望着窗外的一小方景致沉默不语,在这个位置,能很清楚地看到远处那栋深灰色大楼的一角,它虽被层层叠叠的树梢挡住,却仍然无比显眼。

原来,他们和覃屿树曾离得这么近。

原来,许桑娅背负了这么重的愧疚。

颜小弯终于彻底明白了许桑娅与覃屿树之间的纠葛,老院长和无数无辜死者肯定让许桑娅心里非常不好受吧?

颜小弯不由得开始心疼许桑娅,心疼她的强颜欢笑,心疼她打落牙往自己肚子里吞。

颜小弯将外套脱下来盖在许桑娅的身上,又等了好一阵,门才被推开。

颜小弯惊诧地抬眼,看到是覃洲木才松了口气。

"找到他了吗?"颜小弯问。

覃洲木表情很冷,唇线紧抿。当他看到颜小弯的外套盖在许桑娅身上时,表情更加阴沉了。

他将自己的外套脱下,不顾她反对就披在了她身上。

"你生怕自己不会感冒是不是?"他低声斥责。

"我不冷,房间里开了空调。"颜小弯反驳。

"闭嘴。"

"……"

颜小弯看覃洲木一副心情不太好的样子,便不再拒绝,免得触他霉头。

覃洲木看着颜小弯老老实实地穿上了自己的外套,表情才缓和了些许:"他们进了住院大楼,那里把守很严,没有医生陪同无法进入。"

颜小弯思忖良久:"估计要找徐老师帮忙才行,他是医院精神科的医生,肯定可以进那栋楼……"说到这里,她又默默住了口,照这么推理,徐老师十有八九是认识覃屿树的。

可他为什么在见到覃洲木的时候一点儿也不惊讶呢?

难道,他真的就是幕后的那个神秘人吗?

还有,覃屿树怎么会在精神病院出现?

他是被迫住进去的,还是因为他本身就患有精神疾病呢?

思及此,颜小弯不由得冒出一个更可怕的念头。

如果以上猜测属实,覃屿树的确患有某种精神类疾病,那么身为医生的徐倦,会不会在五年前就认识了覃屿树呢?

他们之间的渊源难道如此之深?

颜小弯表情凝固,和覃洲木对视了一眼。覃洲木显然也想到了这一点,却只是摇摇头。

"我以前并不认识徐倦。"他一顿,"屿树如果真的认识他,不可能不告诉我。"

覃屿树依赖他,对他向来知无不言,对于这一点,他很有自信。

可现在,覃屿树假死了五年,从未联系他,这让他不由得有些怀疑这一推论了。

颜小弯舒口气，她潜意识里并不愿意把徐倦想得如此可怕。

徐老师人很好，无可挑剔的好。

更何况，徐老师是许桑娅爱慕很久的人。

"医院本就病患很多，不止徐老师一个精神科的医生，说不定徐老师他并不认识覃屿树吧……"颜小弯干巴巴地解释，可话一出口，她自己都不太相信。

覃洲木并没有在意她的表情，淡淡开口："或许吧。"

许桑娅听见两人说话的动静，幽幽醒转过来，她在看到覃洲木的那一瞬下意识一愣，只觉头皮发麻，万般情绪涌上心头。

她揉了揉昏昏沉沉的脑袋，清了清嗓子，这才开口："徐倦肯定认识覃屿树。"

"啊？"颜小弯愣住。

许桑娅整个人状态都不太好，有些迷惘："阿康跟我说过，徐倦经常去看他，徐倦极有可能就是阿康的主治医师。覃屿树跟阿康关系这么好，怎么可能没有跟徐倦见过面？"她自嘲地笑一声，"说他们不认识，我自己都不信。"

"桑娅……"颜小弯更加心疼她，她恐怕比任何人都难接受这一点。

许桑娅耸耸肩："算了，你也不要安慰我了，覃屿树是覃屿树，徐倦是徐倦，他们是完全不同的两个人，我不会将他们混为一谈的。"

她说话的语气明显将覃屿树贬得一文不值。

覃洲木闻言眉峰一挑,却没说什么。因为他听到了未关的门外,传来靠近的脚步声。

微弱的脚步声越来越近,镇定又沉稳。

不过几秒,颜小弯就意识到了来人的身份,她的视线从许桑娅脸上移向她的身后,神色微变:"徐老师……"

许桑娅心脏骤然紧缩,循着颜小弯的视线转过头。

徐倦穿着刚刚换上的白大褂,扶着门微微一笑。

他的笑容一如既往的清俊温润,出口的话虽是疑问句,表情里却没有一丝一毫的惊讶。

"你们怎么会在这里?"

他话音刚落,许桑娅便率先站了起来,几步迎了上去。

她生怕徐倦误会,赶紧解释:"徐倦,我和小弯一起逛街,顺便来看看你……"她看徐倦露出疑惑的表情,又紧接着说,"我们不是偷偷地溜进来的,是刚刚门诊里一位好心的医生让我们进来休息休息的。"

许桑娅偷偷瞄一眼颜小弯,朝她使眼色,让她不要说话。今天发生的事情已经够多了,不要再追问这些问题了。

"是吗?"徐倦微微一笑。

他将手中的公文包放下,视线轻飘飘地掠过覃洲木和颜小弯的脸,在半掩的窗户上停留了片刻,这才认真看向跟前的许桑娅。

只一秒,他的眉头便很紧地蹙起来。

他抬起手指，指腹在离她脸颊一寸远的地方停住，又放下："怎么哭过了？"

许桑娅这才意识到自己眼圈还是红红的，赶紧别开眼掩饰。

"啊？没什么没什么，刚刚等得太无聊，看了场电影解解乏，结果电影的结局是悲剧，哈哈哈哈哈，你知道我泪点很低的。"她干笑道。

徐倦垂眼整理手头上的病患资料，语气里听不出情绪："是吗？什么电影？"

"就是那什么……"许桑娅顿住。她本就是随口一说，哪能这么快就想出这么一部悲剧色彩的电影？

徐倦眸色渐深，嘴唇抿成一条线，为她又一次下意识地隐瞒而感到烦躁。

"电影讲述的是精神病医院的医生利用病人的潜意识，制造一场场荒诞戏剧的故事，还挺有意思的。"一旁的覃洲木接过话头，他仔细地打量着徐倦，嘴角微微勾起，一副似笑非笑的散漫样子。

许桑娅脸色微变，知道覃洲木是在趁机试探徐倦，却无力阻止。

"电影的名字叫《禁闭岛》，莱昂纳多主演的，挺出名的电影，不知道徐老师看过没有？"覃洲木继续说。

气氛凝固。

隔了好几秒，徐倦才淡淡回话。"我对看电影并不是很感兴趣。"他神色没有一丝一毫变化，非常从容不迫，"抱歉，没看过。"

"哦，是吗，可惜了。"

覃洲木敷衍地点点头，语气平淡得很，字里行间透出的咄咄逼人的意味也消失殆尽。

徐倦转而望向许桑娅，探寻道："那部电影是悲剧吗？怎么哭成这样？"

许桑娅支支吾吾："嗯，有感人的成分吧。"

徐倦"嗯"了一声，不再继续问了，拿起一沓病患的资料："我要去病房巡查了，你们……"

字里行间分明是送客的意思。

许桑娅很快反应过来："哦，那你忙吧，我们也休息得差不多了，这就回去。"

徐倦表情柔和了些许："路上注意安全。"

"嗯嗯，好的。"许桑娅松口气，起身拉了拉颜小弯。颜小弯却没有动，而是蹙眉望着她。

许桑娅明白颜小弯的意思。每个人都有自己的执念，她也是如此，她不愿亲耳听到徐倦和覃屿树相关联的任何事情，或许，颜小弯也是如此。

颜小弯看起来什么都不在乎，却一直坚强倔强，有自己所坚持的东西。不过，颜小弯无法改变她的想法，而她，好像也无法改变颜小弯。

她们本就在不同道路上，不该强硬同行。

许桑娅缓缓松开手。

"那好，你们聊吧。"许桑娅自嘲地扯了扯嘴角，脚步飞快地走出门，语气听起来轻松愉快，"我约了朋友，就先走了。"

"桑娅……"颜小弯不放心地喊她。

许桑娅回头,她倔强地抿着唇。

"注意安全。"

徐倦抬腕看了看表,时间已经不早了:"你们有什么事吗?"

"徐老师,我和覃洲木是特意过来找您的。"颜小弯说。

"嗯?"徐倦看也没看覃洲木,笑容和煦,随口打趣一句,"学习上遇到什么难题了吗?这么急?"

颜小弯一顿,身体不自觉地向前倾,压低声音:"我的确有一个问题要请教您,但今天过来是为了另一件事……"她攥紧口袋里被叠得方方正正的A4打印纸,掌心冒汗,心跳开始加速。

覃洲木赫然起身,闲庭漫步般走近,左手随意地搭在颜小弯肩膀上,强硬地将她往后一搂。

她毫无防备一个踉跄就退后了几步,这才意识到自己刚才和徐倦的距离过于亲近了。

"和别的男人靠这么近,你就不怕我吃醋?"他语速慢悠悠的。

颜小弯微怔:"什么吃醋?"她反应过来,"你是说吃徐老师的醋?"

覃洲木好笑,抬手揉了揉她的头顶:"好了,傻姑娘。"他低声漫不经心地叮嘱,"不要这么急着往前冲,有些事情,交给我处理就好。"

覃洲木这副旁若无人的防备姿态,让徐倦的笑容一下子淡了,他注意到覃洲木的视线有意无意地停留在自己手中的病患资料上。

"覃先生好像对病患资料很感兴趣?"

"唔，是啊。"覃洲木笑答，"里面可能会有某个熟悉的人也说不定。"

徐倦毫不在意他字里行间的深意："病患资料都是保密的，不能给外人看，但是……"他话锋一转，微微一笑，"我自然相信覃先生的人品。"

"徐老师真是善解人意。"覃洲木笑，毫不客气地接过病患资料翻了起来。

覃洲木掠过"沈康"的照片，脑海里浮现出沈康憨憨傻傻的脸。

初次来医院时，沈康肆无忌惮地在诊室外打闹，又被徐倦三言两语给劝了回去，还有刚才沈康口口声声称呼覃屿树为哥哥……

最重要的是那次在诊室外，沈康明明看见了与覃屿树长得一模一样的自己，却一点儿不惊讶，一点儿反应也没有。

委实奇怪得很。

难道沈康的言行举止都是装出来的？还是说，出于别的什么原因吗？

覃洲木很快翻完了最后一页，他动作一停，抬眸，轻描淡写地问："怎么，覃屿树的资料不在？"

Chapter 27

"我无父无母、无依无靠,"他笑得散漫,"死了也没人会惦记的那种。"

对于覃洲木这么单刀直入的行为,颜小弯已经见怪不怪了,而徐倦却有些惊讶。

隔了好几秒,徐倦才轻笑一声。

"覃屿树?"他朝覃洲木扬了扬眉,既好笑又好气地摇摇头,"你已经逝世的弟弟?覃先生莫不是糊涂了?他的资料怎么可能在我这里?"他刻意加重了"逝世"二字。

覃洲木也不生气,随意点点头:"对公众而言,他的确死了,徐老师不知情也合情合理。"

徐倦并没有与覃洲木继续这个话题的意思:"如果覃先生是想打听这种荒唐的事情,恕我不能奉陪。毕竟在医院工作还是要对病人负责的。"

他微微一颔首,迈步走出办公室。

覃洲木笑道:"徐老师真是一个认真负责的好医生。"

徐倦脚步停住,神情冷却:"覃先生什么意思?"

"五年前,我们应该见过面吧,徐老师?"覃洲木说。

在徐倦疑惑的眼神中,颜小弯接过话头:"徐老师,他的意思是五年前您是不是去银星市,参加过一场私人聚会?"

覃洲木说出了那场聚会举办人的名字。

徐倦陷入沉思,隔了好一阵才恍然:"原来是这回事。出于私交,我的确有出席过当年的聚会。覃先生问这些做什么?"

在颜小弯解释之后,徐倦渐渐明白。

"你们怀疑覃屿树没死?"他眉头一蹙又很快舒展开,觉得这句话很可笑,"而且现在在精神科住院部?"

覃洲木不置可否,颜小弯则镇定地点了点头。

"我们刚才经过住院部外的铁围栏时,的确看到了疑似覃屿树的人。"颜小弯说。

她又转头看了看覃洲木,补充:"或许不是疑似。"

他的确在那儿,不容置疑。

徐倦思忖了一阵,说道:"既然如此,覃先生怀疑覃屿树躲在我们住院部,那你有没有兴趣去精神病住院部探视一番?"他说得坦坦荡荡无比诚恳。

覃洲木点点头,并不推辞:"那多谢了。"

和想象中不同，精神科住院部和普通住院部没什么不同，到处安安静静的，几个轮班的护士行色匆匆，并没过多注意突然出现的他们。

看来时不时也会有家属来探望这里的病人，并不是想象中的看守严格。

徐倦解释："探视家属只需提前和主治医师打好招呼，主治医师同意即可进来。"他别有意味地看一眼覃洲木，"只是不能硬闯。"

他温温和和的语气中一点儿也听不出讽刺的味道。

"鉴于住院部并没有一位叫作覃屿树的病患，所以我给你们此次探视报的是另一位病患的名字。"

"徐老师辛苦。"覃洲木点头。

徐倦"自便"两个字尚在口中，走廊尽头突然跑出一个穿蓝白条纹病号服的身影。

他嘴里大声叫嚷着，手里还比画着手势，动作神态一派天真，口中的话语却让颜小弯一惊。

"砰，爆炸啦，爆炸啦！"阿康手舞足蹈，笑得起劲，"砰砰砰，好大的火球，好大的火球，砰砰砰！"

覃洲木因为"爆炸"这两个敏感的字眼也神情微变。

阿康很快看见了不远处的徐倦一行人，嘻嘻哈哈地喊："徐医生，徐医生，你今天是特意来看阿康的吗？徐医生，你真好！"

徐倦的脸色一下子变得很难看，他拦住一个端着一盘药水的小护士："怎么让他一个人乱跑？磕到碰到怎么办？打扰到其他人怎么办？"

徐倦嘱咐："给他准备一点儿好吃的，让他好好休息。"

小护士吓了一跳,虽不明白为什么平日从不管这些的徐医生,今日却这么在意,但还是乖乖跑去拉住阿康:"阿康,别唱了,跟姐姐回房间去休息……"

"阿康。"

在两人即将离开时,覃洲木突然发声喊住阿康,在阿康扭头的一刹那,覃洲木骤然发问:"你认不认识我?"他声音里透出些不同往常的紧绷。

颜小弯也紧张地打量着阿康的表情。

阿康望了覃洲木老半天,眼睛眨了眨,眼神清清楚楚地透着陌生与疑惑:"你是谁啊?怎么知道我的名字?"

话语刚落,徐倦冷凝的表情一松。

"你不认识他吗?怎么可能?"颜小弯怔住了,几乎要将之前的所有推论掀翻。

她不明白,覃洲木明明和覃屿树长得一样,阿康却说不认识他,难道阿康根本不认识覃屿树?

难道刚才真的是覃洲木看错了?

可就算是覃洲木看错,难道许桑娅也看错了不成?

阿康翻了个大白眼,撇了撇嘴:"我为什么要认识他?他是什么了不起的大人物吗?"

覃洲木脸上严肃的表情转瞬即逝,好像刚才的问话只不过是一句玩笑。他微笑着摇头否认:"当然不是。"

阿康"喊"一声，嫌弃地不再看这个莫名其妙的人。

徐倦不动声色地看了覃洲木一眼，只觉得此人能在转瞬之间收敛住情绪，心思委实深沉得可怕。

小护士狐疑地看了看似笑非笑的覃洲木，又看了看低垂着头面无表情的徐倦，赶紧将阿康带离。

她不明白他们这段莫名其妙的对话是什么意思，也不想知道。她刚来医院实习，为了饭碗，可不想招惹是非。

待护士带着阿康走远后，徐倦表情才缓和了些许，低声说道："阿康心智不健全，经常口不择言，你们别介意。"

"没事徐老师，我们不介意的。"出于对老师的尊重，颜小弯赶忙回复。

覃洲木闻言别有意味地看了她一眼。

徐倦点点头："你们感兴趣的话可以四处走走，但是动静要小一点儿，不要打扰到其他在休养的病人。他们和其他病人是一样的，只不过是患了精神类疾病罢了，况且重症患者并不在这栋住院楼里，你们不要戴有色眼镜看待他们。"他顿了顿，"而且要做好心理准备，不要被他们吓到，也不要吓到他们。"

颜小弯默了默："知道了，徐老师。"

临走前，徐倦意味深长地看了覃洲木一眼："覃先生还是要多多注意自己的言行，千万不要做出什么对医院不利的事情来，说出去影响不好。"

他字里行间明显指的是覃洲木陷入性骚扰丑闻这一事件。

覃洲木回视徐倦,唇畔边的弧度越发扩大:"不劳费心。"

徐倦刚刚离开,覃洲木就收回若有所思的目光,双手抱胸,好整以暇地注视着颜小弯。

"狗腿。"他慢悠悠地说。

他丝毫没有去寻找覃屿树的意思,已经完全懈怠下来了。或者说,在看到阿康那一刻起,他就已经改变了主意。

颜小弯不敢相信自己的耳朵:"你说我什么?狗腿?"

他朝颜小弯微微抬了抬眉,口气像在吃醋:"你怎么对他这么好脾气?"

"你不觉得我对你也很耐心吗?"颜小弯反问。

覃洲木认真想了想:"不觉得。"

颜小弯觉得此时讨论的这个话题非常没有意义,一本正经道:"我对所有人明明都是一样的,没有什么好与不好。"

覃洲木接话接得很快,好像早料到了她会这么回答:"可我希望你对我不一样。"

颜小弯话语一窒,感受到了满满的套路。

好半天,她才吐出一句:"受虐狂!"

颜小弯看他只是笑,半响不接话,便干巴巴地转移了话题:"你真的相信阿康的话吗?"她想了想阿康刚才的神态,"看样子,他并没有骗人。"

覃洲木不说相信，也不说不相信，而是戏谑地笑了笑："我们可以试试。"

"试试？怎么试？"

颜小弯怎么也没想到，覃洲木会带她溜到换衣间。不对，她早该想到覃洲木要干的不是什么光明正大的事情。她总觉得，自从认识覃洲木后，她做了许多大胆鬼祟的事情。

她也懒得反对了，扶额严肃地分析："你依然怀疑徐老师对不对？你觉得覃屿树此刻已经不在这栋楼里了，所以徐老师才这么放心让你进来？"

"还算聪明。"他笑。

颜小弯嘴角不可抑止地翘了翘，却又强自忍住。虽然被无数人这么夸赞过，她早已经习以为常了。但是从覃洲木口中听到，她还是忍不住心情愉悦。

"你对徐倦有什么看法？"他突然问。

颜小弯慎重地想了想："不可否认，他是个好老师，不论是教学水平还是为人处世，都称得上是典范。但就目前事件的发展而言，他身上的谜团的确很多。"

她看着覃洲木关掉灯，让小小的换衣间暗下来，试图制造出房里无人的动作，无语地问："你非得偷偷摸摸吗？"

覃洲木打开储物柜，从里面翻出一件不是很新的蓝白条纹的病号服，长眉一皱，有些嫌弃："你觉得去找医院里的护士，她们会同意让我穿这里的病号服吗?"

"如果你得病了,不想穿也必须穿。"

他抬眸,眸中情绪不明:"你希望我生病?"

颜小弯不懂他的脑回路:"我可没这么说。"

"那如果我真的生病住院了,你会来照顾我吗?"他问这话的口气一本正经,好像真的在认真思考这个问题。

颜小弯心头一跳,生硬地答:"你有冯助理,有大大小小不少下属保镖。"

她突然想起覃洲木的一堆绯闻,包括那个新生代女演员,不知怎么,有些不舒服:"还有一堆绯闻女友,她们排队轮流照顾你都照顾不完吧?"

"她们?你是说那些为了钱来照顾我的人吗?"他历来说话直接。

颜小弯张了张口,不知道回什么好。

"我无父无母、无依无靠,"他笑得随意散漫,"死了也没人会惦记的那种。"

他瞥了一眼陷入呆怔的颜小弯说:"没人照顾我。"

分明是轻松的口吻,颜小弯却莫名被这句话戳中,难受起来。

他看起来活得光鲜无比,可依然要面对亲生父母不在身侧、养父母身亡,甚至连双胞胎弟弟都选择假死的事实。他独自一人深陷迷雾之中,谁又真的能感同身受呢?

她脱口而出:"那我照顾你。"

覃洲木"扑哧"笑出声,稍显冰凉的眼神霎时间变得温柔:"傻姑娘,我开玩笑的,你在胡思乱想什么?"

就算是照顾,也是我照顾你,一生一世那种。覃洲木默默地在心里说着。

颜小弯虽不满他随口咒自己生病住院,但好歹还是松了口气。

可谁也想不到的是,有的时候,明明是一句玩笑话,却往往会一语成谶。

覃洲木拿着那件衣服在身上比了比,终于决定,就是它了。

他看向身侧的颜小弯,她不避不让的样子让他不禁挑眉。

"怎么?你要看着我换衣服?"他眼里有细碎的笑意,嘴角顽劣地向上一掀。

颜小弯一愣,清了清嗓子,果断地转过身背对着他,手心却不由自主地有些冒汗:"自恋什么,我才不想看。"

她抬步就想往门外走,却被覃洲木抓住手臂。

"你要出去?动静这么大,就这么想我被人发现?"

她犹如触电般躲开他的手,赶紧闭上眼睛:"话真多,不出去就不出去,你快点儿换!"

"喏,替我拿着衣服。"

话语刚落,他的外套便轻轻盖在了她的头顶上,宽大的衣服几乎将她的上半身整个罩住,只剩一张脸露出来。

覃洲木低笑了一声,声音离得很近。

颜小弯全身微麻,没有再继续说话。她只觉得这地方狭窄逼仄得很，快要呼吸不过来了。

身后传来脱衣服的声音，细碎的声音听起来过分暧昧，颜小弯想着自己反正已经背对着他什么也看不到，于是眼睛掀开一条缝，试图转移下注意力。

可不巧的是，她一睁开眼睛，面前正对着一扇光滑的柜门，虽然不比镜子清晰，但也能看见覃洲木换衣服的动作。

她的视线不自觉地随着他身体的线条下滑，影影绰绰的，她脑海中瞬间蹦出"撩人"二字。

她忍不住咽了咽口水，别开眼，在心里不停地对自己说不要看，非礼勿视非礼勿视，却又忍不住偷偷瞄过去，只觉得他光裸的上半身身材好得惊人，不去T台走秀简直可惜。

对，她纯粹是欣赏他的身材罢了，才不是别的什么原因。

这么一番胡思乱想之后，颜小弯感觉自己简直太猥琐了。

在她第三次抬眼偷看时，正好对上还未扣上上衣扣子的覃洲木漆黑的眼，他单手支颐。

她一惊，慌慌张张地赶紧回头，却忘了自己头上还盖着覃洲木的外套。

本就宽大的外套一下子掉下来笼罩了颜小弯的整张脸，她手忙脚乱地将衣服掀开，还来不及大口呼吸就猝不及防地撞见覃洲木放大的脸。

覃洲木微微弓身，鼻尖对鼻尖，漆黑的眼里印着她惊慌失措的样子。他嘴角一勾,手臂呈环抱住她的姿势,伸手将即将滑落在地的外套稳稳接住。

"毛手毛脚的。"他声音喑哑。

她不敢直视覃洲木的眼,可下滑的视线看到的却是他敞开的衣服、精致的锁骨……

她简直不知道该看哪里好,索性闭上眼。

覃洲木越发觉得有趣:"颜小弯,你是在索吻吗?嗯?"

颜小弯一咬牙,狠狠地推开他:"我才没有!"

欣赏够了她的窘态,覃洲木顺势从容不迫地站直身体,随手将外套塞到储物柜里,一点儿也不在意昂贵的外套会因此变皱。

他淡定地继续扣着上衣口子。明明是很寻常的病号服,可穿在他身上,却好看得过分。

"好看吗?"他注意到颜小弯的视线,笑了笑,笑容里透着与生俱来的自信与高傲。

颜小弯沉浸在他刚才挑逗她的情境中,没好气道:"不好看。"

覃洲木轻笑:"那刚才是谁在偷看我换衣服?"他一顿,慢腾腾地得出结论,"口是心非的女人。"

颜小弯的脸红一阵白一阵的:"你闭嘴!"

两人很快找到了阿康所在的病房。

独自一人正在玩玩具的阿康在看到身着病号服的覃洲木的那一

刻,眼睛一亮,大喊:"哥哥,哥哥!"

颜小弯心头一震,和覃洲木对视一眼,立马想通了其中一些缘由,也明白了覃洲木换衣服的原因。他从来不会做没根没据的事情。

阿康是精神病患者,他压根儿不是不认识覃屿树,而是出于智力障碍无法识人,只能通过衣服进行简单辨别。

而且,他刚刚在走廊上哼唱的简单歌谣,说不定就预示着什么。

他可能也是五年前爆炸案的知情人。

阿康已经依赖地扑到了覃洲木身边:"哥哥你不是走了吗?怎么又回来了?是不是舍不得阿康,所以打算继续陪阿康一起玩?"

"是啊,开不开心?"覃洲木拍了拍比他矮一个头的阿康的脑袋,柔声回复。

阿康兴奋地呼喊一声,拉着覃洲木往床边坐,好像有一肚子的话想对他说。

覃洲木嘴角勾起弧度,虽然依旧朝阿康含着笑,眼底却是一片讥讽的冰凉。

"是他。"他微微侧头朝颜小弯低声说。

虽然这句话说得没头没脑,颜小弯却瞬间明白了他的意思。

是他。

纵使还没有抓到确切的把柄,纵使还没明白他这么做的意图是什么,但根据种种微妙巧合、可疑行径和他敏锐的观察力,覃洲木已经彻底明白,幕后的神秘人,就是徐倦。

从覃洲木与神秘人的首次"接触"起,种种事件就一直跟徐倦紧密联系在一起。

　　譬如怎么也绕不过他的精神科三室，譬如私人聚会的名单上却有他的名字……

　　最离奇的是，覃洲木分明亲眼见到覃屿树进入这栋楼，可常年出入精神科的徐倦却声称从没见过此人，覃屿树的资料也不在医院。

　　而且楼里的护士在看到与覃屿树一模一样的覃洲木时，也并没有任何惊讶的反应，这委实说不通。

　　这栋住院楼着实古怪得很。

　　或许，只有从阿康这里作为切入点。

Chapter 28

如果这就是你的目的，
那么，我如你所愿。

徐倦结束了医院的工作，提着刚刚从菜市场买好的食材回到家门口，就看到如小狗一般可怜巴巴缩成一团地蹲在自己家门口的许桑娅。

他喟叹一声，蹲下来直视着她："不是说约了朋友吗？"

那个身影缓缓抬头，声音带着些许委屈："你明明知道的，我没有别的朋友。我只有你，徐倦，我只有你。"

明知道她是故意说这些让他心软的话，徐倦也狠不下心拒绝，还是打开门让她进去。

一进门，许桑娅就熟稔得如同回了自己家，她将皮包搁在了置物柜上，扑倒在沙发上，拿抱枕蒙住头。

徐倦则走去了厨房，准备今天的晚饭。

"你没提前打招呼，所以我没准备你爱吃的，将就一点儿？"他的声音远远传来。

"随便，你做什么我都吃。"

徐倦无可奈何地摇摇头，开始洗菜切菜。

没多久，客厅里传来窸窸窣窣翻箱倒柜的声音。

徐倦手头上的动作一顿，神情冷下来。

他关掉水龙头，不徐不疾地开口："怎么突然过来找我？你想知道什么？"

他心思缜密，早就察觉到，许桑娅刚才在办公室时的异样。

她急匆匆地离开，好像是在有意回避什么话题。

而她离开后，他与覃洲木、颜小弯谈论的话题中心，无疑就是覃屿树。

他的心陡然一沉，垂下眼睫，将手中的食材一一洗净。

客厅那头安静下来，好半晌才传来许桑娅嘟囔的声音："你的酒藏哪里去了？是不是因为上次我偷喝了你的酒，所以你把它们藏起来了？"

"你想知道什么？"徐倦重复，"别找了，直接问我就好。"

许桑娅哼哼唧唧："我只想知道你的酒去哪儿了。"

安静了良久，徐倦才再度开口："你是多想将我辛辛苦苦珍藏的酒全部喝掉？你……"未说完的话戛然而止。

"徐倦，你教我做饭好不好？"

许桑娅不知道何时来到了他的身后,脸颊贴在他的后背上,嗓音软软的,隔着一层薄薄的毛衣,声音听起来有些闷:"我上次做得特别糟糕,还好你没有吃到,不然我就太丢脸了。你手艺这么好,教我做饭好不好?"

她在撒娇。

徐倦身体僵住,顿了两秒,面无表情地低头去松开许桑娅环在自己腰上的手臂。

平时许桑娅虽然偶尔也会有这样的举动,但只要他一旦表示了不喜,就会开玩笑敷衍过去。但今天的许桑娅却无比固执,掰开一次她又重复贴上来。

徐倦停住动作,语气里听不出情绪。

"桑娅,松开。"

"我不。"

"桑娅!"徐倦再次强行松开她的手,转过身正视着她,拒绝的话语在看到她脆弱的表情时哽住,他忍不住心头一软。

"桑娅,我是你的老师,而你是我的学生。"徐倦说。

"怎么,你是在和我撇清关系吗?那之前呢?在我没来鹤安医学院之前呢?我们是什么关系?是不是如果我没来鹤安医学院,那我就不用叫你老师了?"许桑娅苦笑一声。

徐倦被这个问题问得愣了愣,隔了半响,才冷冷回复:"许桑娅,你清醒一点儿,不要让我后悔当年救了你。"

这句话无比残忍。

许桑娅不理他,权当没听见,而是直截了当地问:"徐倦,你喜不喜欢我?"

你喜不喜欢我?你肯定是喜欢我的对不对?你根本没有别的女人,你从来都只对我一个人好。你肯定也喜欢我的。

徐倦别开了眼,沉默以对。

无言,有的时候比一切拒绝的话语更加伤人。许桑娅自嘲地嗤笑一声,甩开徐倦抓住自己手腕的手。

"哦,我知道了。"她说。

接下来的这顿饭,两人吃得索然无味。

许桑娅不知从哪里翻出了一瓶酒,扬扬得意地在徐倦面前炫耀了一番后,自酌自饮起来。

徐倦皱了皱眉,却没阻止她。

或许,她是该喝上一杯。

酒精,能使人麻木,也能使人清醒。

几杯下肚,许桑娅情绪越发高涨,甚至又跑到厨房拿了个杯子也给徐倦倒上一杯。

"来来来,光看着干什么?喝呀,心疼呀?我粗野惯了,可不会喝酒,再好的酒入了我的口都和白开水没什么两样,你可别告诉你收藏酒是为了以后高价换钱啊,哈哈哈……来来来,喝起来,别浪费了!"

徐倦注视着她:"我不心疼酒。"

"哈哈哈哈，难道是心疼我不成？"

他不理她的暧昧话语，耐心说道："明天有早课，我今晚不喝酒，你也少喝一点儿。"

"啧！"她嗤笑，口中的话似打趣似讽刺，"上课？除了上课就是去问诊……徐倦你每天活得这么规规矩矩，累不累啊？"

徐倦搁下筷子，眼睛深邃："你到底想说什么？"

许桑娅摇摇晃晃地又给自己倒上一杯："我想说什么？我只是想你陪我喝酒而已，你光收着它们有什么意思？来，陪我一起喝！"

沉默良久。

"桑娅，不要骗我。"徐倦缓缓说完后，他将面前的一小杯酒一口饮尽，"我了解你，或许比你想象的还要了解。所以，不要试图骗我，也不要用这些动作掩饰自己。"

"是吗？"许桑娅不以为意地捏着酒杯晃来晃去，笑得妩媚，"那你肯定知道我爱你咯？你肯定知道我爱你爱到快死掉了，是不是？"

她今日不知道怎么回事，言行举止皆无比大胆热烈，徐倦不耐烦地夺过她手中的酒杯，压抑住心底莫名其妙腾起的烦躁情绪："别喝了，你醉了。"

许桑娅咯咯直笑："对，我是醉了，不只是醉了，我还疯了。我疯了才跟你说这些！"

好不容易吃完饭，徐倦将醉得口不择言的许桑娅扶到主卧的床上。可此刻的许桑娅在酒精的作用下力气大得惊人，一下子将毫无防备的他压倒在身下。

"徐倦……徐倦……"

她反复地喊着他的名字，覆上去寻找他的唇。

她只想喊这个名字，她想一辈子喊着这个名字。

她只想喊他徐倦，和他喊自己的名字一样对等。

徐倦，许桑娅。

许桑娅，徐倦。

徐倦紧紧抓住她四处点火的手，无比清醒地看着她的眼睛："桑娅，别闹，你知道你在做什么吗？"

许桑娅在他胸口蹭了蹭，深吸一口气，鼻腔里是他身上散发出的好闻的气息。

"我知道我当然知道。"

她当然知道，非常清楚地知道。

如果说，她对五年前初识的覃屿树是一种青涩的依恋，那么，此时此刻她对徐倦，是无法阻挡的爱。

"我们是不会有结果的。"徐倦一字一顿。

"是吗？可是，那又怎样？那又怎样？"许桑娅面色酡红，眼睛亮得吓人，"我不要结果还不行吗？"

"桑娅！"他气急败坏的样子，十分迷人。

许桑娅笑得更厉害，声音也抖得厉害："我只要你，徐倦我只要你。"

话语刚落，她再度欺身寻找徐倦的唇，刚与他温热的唇相触不过半秒，就被他侧着脸躲开。

他呼吸明显加快了许多，却仍压抑着自己："许桑娅，不要做这种冲动的事。"

　　他只要这么连名带姓地喊她的名字，就意味着他已经忍到了极限，所以每当这个时候许桑娅都会乖乖听话。可此刻，许桑娅又气又恼，只觉得自己一点儿魅力也没有。

　　她咬牙，紧紧抓住他松散的领带不许他起身，让他毫无缝隙地贴在她凹凸有致的身上："废话这么多……你、你他妈还是不是男人？"

　　长久的沉默，幽暗的房间里，只能听到两人同样急促的喘息声。

　　两人僵持住，徐倦紧抿着唇，许桑娅则倔强着不松手。

　　她的勇气在这一刻飙升到了最高点，她势在必得。

　　终于，徐倦的眸色一点点地暗下来，望向许桑娅的精致眉眼专注而深沉，漆黑的瞳孔里只映着一个小小的她。

　　"你会后悔的。"

　　他俯身，更用力地反将许桑娅压在身下，双手探向她的毛衣下摆，声音似醇酒引人沉沦，他在她微微开启的红唇上低喃："你确定要继续吗？"

　　许桑娅搂住他的脖颈，红唇擦过他的脸颊，不知引得谁一阵陌生的轻微战栗。

　　她更深地凑近他的耳垂，轻轻咬一口。

　　"我永不后悔。"她说。

迷醉的夜已深，四周静籁无声。

许桑娅轻手轻脚地从沉睡的徐倦身旁爬起来，全身散架般酸痛，她有些舍不得离开他温暖的臂弯。

但是，她必须起来。

怕吵醒徐倦，她不敢开灯，就着窗外的一点点月光，许桑娅小心翼翼地打开徐倦床边的书桌。

不知是出于信任还是忘了，抽屉没有上锁。

徐倦向来不许别人乱翻他的东西，她也乖觉地从来不去翻看。

可现在，她内心的冲动叫嚣着。除了徐倦房间以外的地方她都翻了个遍，什么也没有。

只剩下这里。

平心而论，她隐隐有些窃喜，或许一切都是自己想多了。毕竟精神科不止徐倦一个医生，毕竟徐倦只是一个特约医生，不可能每一个病人都认识吧……

她内心矛盾复杂，她不愿也不敢从徐倦口中证实他与覃屿树之间的联系。但不可否认的是，她依然想知道真相，甚至比颜小弯更想知道。

但是，她没有颜小弯那样直截了当、开诚布公的勇气，她是懦弱的。她连想打给颜小弯问一问他们到底聊了些什么都不敢。

她明知道自己是迁怒，还是忍不住有些埋怨颜小弯，颜小弯的勇敢衬托得自己无比卑劣。

她怎么会陷入这样进退两难的境地里？

她没有办法了。

她选择孤注一掷。

她在面对徐倦时一点儿办法也没有。

许桑娅不知道自己是把对徐倦的爱当成幌子,借此来探寻真相,还是将急欲知道真相这一念头拿来当托词,以此宣泄对徐倦的爱。

但不管怎样,已经走到了这一步,谁也无法回头。

她深吸一口气,手指发抖,眼睛快速浏览着抽屉里的所有信件,信件大多是些医学方面的研究和探讨,没什么特别的。

她舒口气,正打算关上抽屉,匆忙间,掉下一个厚厚的信封。她慌慌张张地拾起来,却不小心弄掉了一张纸,她下意识地翻过来看向背面的字。

视线凝固的那一刹那,她瞳孔骤然紧缩,全身血液涌向头顶。

覃屿树。

许桑娅慌忙拆开来看,里面是几张属于覃屿树的病历单。

上面清清楚楚地写着他所患的病症和第一次、第二次、第三次……好多次的治疗时间。

她大致推算一下,距离覃屿树初次治疗,已经整整过去六年了。

这说明,今年,是覃屿树身患精神分裂症的第六年。

而覃屿树的主治医师一栏上,写着徐倦的名字。

这说明,徐倦医治了覃屿树整整六年。

她初次认识覃屿树是在五年前,爆炸案也是发生在五年前,徐倦居然比她还早一年认识覃屿树。

这怎么可能?

那一年发生了什么?

难道事情远远不止现在所发现的这么简单吗?

她不敢想,也不愿想!

许桑娅光着脚跑出了房门,她在客厅停留了片刻,好像在收拾东西,不过几分钟,徐倦远远地还能听到房门被关上的声音,世界再度陷入了安静之中。

她走了。

徐倦眼睫微颤,慢慢睁开眼睛,无比清醒。

他长长吐出一口气,似自嘲,似解脱。

怎么?许桑娅,这就是你的目的吗?用肉体情欲来迷惑我,以此得到自己想要的东西?

选择这种方式,是你太过于贬低自己,还是你看不起我?

但,即使你用尽手段,即使你选择欺瞒,如果这就是你的目的的话,那么,我如你所愿。

现在,知道了一切的你应该不会再回来了吧?

那就走吧,离我越远越好,越远离我你才会越安全。

我明白,我很早以前就明白,我从爆炸现场刻意救你的那刻起就明白。

覃屿树是你的深渊,而你想摆脱深渊。

可是你明白吗？只有远离我，你才会彻底远离深渊。

而现在，是时候了。

徐倦缓缓闭上眼，心底森冷一片。

Chapter 29

> 初遇的时候，徐倦忍不住羡慕他，
> 年轻真好。

徐倦第一次见到覃屿树的时候，覃屿树十六岁。

而徐倦已经二十四岁了，两人相差八岁。

初遇的时候，徐倦忍不住羡慕他，年轻真好。

徐倦的童年过得悲惨凄凉，但好在他成绩优异天赋极高，今年刚刚硕士毕业，一直颇受导师喜爱。可纵使如此，想要留校任教却并不是容易的事情。好在，他在导师的悉心安排下，在本地一家颇有名气的医院见习，通过不少实践，他耐心而温柔的悉心指导和一针见血的治疗手段，使他在精神科的名气也渐渐传开来。

也就是这时，覃氏夫妇带着覃屿树找到了他。

覃屿树从小身体就不好，覃氏夫妇带着覃屿树四处求医，常年吃药非但没有治好他的病，反而让他变得越发内向孤僻，精神也开始恍惚。除了和哥哥覃洲木关系亲近外，跟养父母的关系也并不亲近，甚至算得上客套。

覃屿树所患轻微的精神类疾病的这件事是秘而不宣的，覃氏夫妇不愿让覃屿树患病这事被任何人知道，毕竟如果流传出去，不知道会被传成什么样子。

他们不敢在银星市本地治疗，便来到了鹤安市。他们本就在鹤安市有一处百货大楼的产业，可以以此作为托词。

他们要求徐倦保密，让他隐秘地治疗，所有相关的治疗资料也不能泄露出去分毫。

精神病听起来吓人，但细分起来病症有重有轻，覃屿树的症状发现得很早，覃氏夫妇乐观得很，觉得不用很久就能治好。

徐倦也这样认为。

轻微心理疾病通过简单的心理辅导和吃药是很容易治好的。

前提是，覃氏夫妇和覃洲木、覃屿树的亲生父母，不是徐倦不共戴天的仇人的话。

人生有时候就是这么可笑和狗血，兜兜转转总能碰上不想见的人。

徐倦从小就经常听父母反反复复提起那几个名字。

那几个人凭借某种见不得光的手段，联手夺走了父母辛苦打拼的一切，让他们从好不容易攀上的小山峰坠入深渊之中，其中种种经历一言难尽。

听得多了，徐倦也生出些憎恶来。

有一日，父亲喝醉了酒气冲冲地去找覃氏夫妇理论，结果却被层层保镖拦在门外，还被恶揍了一顿，打断了腿。父亲从此卧床不起，本就清贫的家庭更是失去了收入来源，母亲整日以泪洗面。

正是这些上一辈的恩恩怨怨让徐倦从小生活在痛苦之中。他立志要逃离出去，要出人头地，要当一名医生医治像他一样因为经历了悲惨童年陷入痛苦的人。

后来，他打听到，覃氏夫妇为了贪欲打压了自己昔日的合作伙伴，夺走他们的财产，还有他们尚在襁褓之中的双胞胎孩子。

这些弱肉强食、阴暗的勾当，他怎么会不明白？他觉得可笑。

但他们富贵华丽的生活离他太远太远，他无法触及。

可现在，阴错阳差，他们撞上门来，他怎么能眼睁睁地错过？

明知道覃屿树是无辜的，徐倦还是忍不住迁怒于他。

凭什么？拥有那样肮脏的亲生父母和养父母的他，凭什么还能坐享一切？

他羡慕覃屿树。

他嫉妒覃屿树。

他想毁了覃屿树。

于是，他隐瞒了部分真相，通过某种手段将覃屿树亲生父母与养父母之间的纠葛告诉了覃屿树，在覃屿树心底也埋下了仇恨的种子。

覃屿树原本只是将信将疑，但随着病情加重逐渐变得不能识别真假，便彻底信服了。同时，覃屿树不自觉地开始信赖他，事无巨细都对他说。这些事，覃屿树对哥哥覃洲木都没有透露。

覃屿树想依靠自己的力量守护哥哥，就像以前哥哥守护他一样。

后来，得知养父母有意摒弃哥哥和病恹恹的他，培养新的企业接班人之后，覃屿树更加恼怒。他想不着痕迹地解决掉碍眼的养父母，他想让哥哥得到一切。

而徐倦，因为是覃屿树的主治医生的原因，与覃氏夫妇越发亲近。

他们甚至还带着徐倦参加了私人聚会，以视重视和信任。

但在徐倦的有意引导下，覃屿树的病情越发严重，逐渐演变成精神分裂。

徐倦刻意疏导隐瞒，使覃屿树在短期内看起来与常人无异，可这种现状最多只能维持一年。

所以，他行动了，或者说，他让覃屿树行动了。

爆炸案发生在徐倦的预料之中，可爆炸如此惨烈却在他的意料之外，爆炸连累了无辜的女孩儿也在他的预料之外。

当徐倦听到覃屿树说，为了不伤到在百货大楼外等待哥哥，为了保险起见，他找了一个福利院的女孩儿当自己的帮手时，徐倦愣住了。

覃屿树一再保证，那个女孩儿和自己一样是个无父无母的孤儿，就算死了也不会有人来找她，很安全。

徐倦却犹豫了。

真的要这样子吗?真的要让自己的双手沾满这么多人的血吗?

事发之前,徐倦远远地看到了那个女孩儿,她很漂亮,眼睛里有不同于其他人的明亮和倔强。本以为要眼睁睁地看着她送死,却临时出现了意外。

这或许预示着,她不该死。

徐倦改变了主意,不管不顾地冲上去抱住她,将她救出爆炸现场。

之后的五年,那个女孩儿一直拿他救了她当借口接近他。

他不是看不出,那个漂亮倔强的女孩儿喜欢他。但是她不该对他产生这种感情,这种感情滋生于罪恶的土壤,是见不得光的,本就不该存在。

他对那个女孩儿其实是有愧的。

况且,他知道自己已经逐渐病态了。虽然治疗过不少这样的精神类患者,虽然知道治疗起来很容易,但,医者不能自医。

自从知道了覃屿树在爆炸案中大难不死,他的欲望、野心、恶念不断膨胀。

他无法阻止自己这种病态心理的蔓延,或者说,他根本不想阻止。

他毁了百货大楼,毁了覃氏夫妇,毁了覃屿树。

现在,该轮到覃洲木了。

Chapter 30

只要想念了，不管相隔千山还是万水，随时都可以奔赴过来。

转眼，一个学期走向了尾声，开始放寒假了。

陆翩芸哼着歌收拾东西准备回老家过年。颜小弯独立惯了，也喜欢清静，打算一个人住在寝室，顺便利用寒假时间去打工，给自己赚生活费的同时减轻母亲的负担。

而许桑娅最近经常神出鬼没，虽然有按时去上课，却基本不会待在寝室里。

自上次从徐倦在医院里的休息室一别后，她和颜小弯之间越发尴尬和微妙，话也说不上几句。陆翩芸觉得奇怪，问了颜小弯和许桑娅好多遍，却怎么也得不到答案。

大家大多选在今天离校，许桑娅又不见了人影，好像在刻意避开颜小弯。

"你是不是跟桑娅闹什么矛盾了？有矛盾就说出来，大家一起解决啊,千万别憋着,憋着会憋出毛病来的。"陆翩芸费力地将好几件棉衣塞进箱子里,又忍不住说道。

颜小弯看书的动作一顿,颇有些无奈:"没有,你别多想了。"

"是吗……可我总觉得怪怪的……哎,她是不是又去找徐老师了?"

颜小弯听到"徐老师"三个字,在心底叹息一声,不再继续这个话题。

"应该是吧。"

陆翩芸"哼哧哼哧"地将行李箱拉链合上,再瞄一瞄无比清闲的颜小弯,嘟嘟囔囔:"你真不回去过年和家人团聚啊?"

颜小弯朝她笑了笑:"不了,我妈喜欢清静,打算出国旅游,正好省得我回去吵她。"

陆翩芸干笑:"你家人心真大。"

颜小弯也不反驳,母亲好不容易走出父亲离世的阴影,整个人反而豁达了,只求女儿过得开心,平安喜乐就好。

至于团聚,只要想念了,不管时间地点,不管相隔千山还是万水,随时都可以奔赴过来。

"想念"这个词鲜会出现在性情冷淡一心扑在学习上的颜小弯的身上。但在这个学期经历了不少事情后,她的字典里罕见地出现了这种词。

而想念的那个对象,她非常清楚,是覃洲木。

他老是招惹她,老是逗她,老是看她笑话,一点儿也不温暖,一点儿也不讨人喜欢。

可是,她还是忍不住想念他,想念他的眉眼、他的声音、他的一切,想念他不经意带给她的心悸和温柔。

正如陆翩芸所描述的爱情故事里的女主角一样,她就这样措手不及地陷入了一种特别的、酥酥麻麻的情绪中,这是她从未体验过的。

既然明白了自己的内心,她就忍不住想要告诉她心底里的这个人,迫不及待地想要与他分享。

想要告诉他,她的心思。

只要一想起这个人啊,她就忍不住想要微笑。

陆翩芸一眼看出了颜小弯的不对劲,拖着行李箱跑到她跟前眯着眼上上下下打量她,觉得她整个人都变得温柔了。

"哎,不对,颜小弯你突然一个人傻笑什么?"陆翩芸突然后退几步,全身发毛,"你是鬼上身了吗?我认识的颜小弯明明是不苟言笑的高冷学霸,才不是你现在这副……哎,你是不是恋爱了?有男朋友了吧?"

颜小弯被她一噎,老半天才说:"我才没有。"

"那你……"

"不过,可能即将有。"

陆翩芸惊住了,看颜小弯坦坦荡荡毫不掩饰的样子,肯定不是骗人的。

她八卦心顿起:"这个世界上居然有人能打动你的芳心?简直不可思议。快说出来让我这个情感专家帮你分析分析,到底是谁?"她连珠炮似的又问,"他到底是怎么打动你的啊?你到底是怎么喜欢上他的?"

颜小弯想了想:"或许我也是受虐狂。"

"哈?"

陆翩芸还欲再问,手中的手机却振动了一下,她点开短信看,一下子惊呼起来,嘴角几乎要咧到了耳边:"小弯,小弯,小弯,徐老师对我真是太好了,我都要爱上他了!"

颜小弯知道陆翩芸向来说话夸张,一皱眉:"怎么了?"

"徐老师知道我历来崇拜中医大师李教授,他帮我争取到了李教授讲座的名额。讲座就是今天下午,听完讲座正好就可以坐晚上的火车回去,生活不要太美好!"

徐老师?

颜小弯只要一想到覃洲木与徐老师直接的纠葛就忍不住头痛。

她分得清是非黑白,一方面是徐倦作为自己的授业恩师,她尊重徐老师;另一方面是,不管覃屿树到底在事件中扮演的是什么角色,不管徐老师的目的是什么,他引覃洲木来到鹤安市,利用覃洲木对覃屿树的关心,以发短信的方式陷害覃洲木却是不可否认的。

徐倦恐怕根本不是他所表现出来的那副样子。

她沉默了一阵,叮嘱道:"翩芸,你最好还是不要跟徐老师走得太近了。"

　　陆翩芸一愣："你什么意思？是因为桑娅的缘故吗？你放心，我和徐老师没有私交的，我也只是拿他当老师看待。"

　　"不是的，他可能不是你想象的那个样子，他没有那么好。"她一停，说出口的话语有些艰难，"他和覃洲木之间有些事情，他……"

　　她话还没说完就被陆翩芸打断，陆翩芸在听到"覃洲木"三个字时，脸一下子变得铁青："好了好了，别说了！"

　　颜小弯惊讶地望着她。

　　陆翩芸感觉自己已经完全不认识眼前的颜小弯了，颜小弯居然说出这样的话。

　　陆翩芸自那次性骚扰事件后，就对覃洲木没什么好感。她声调骤然拔高，言辞变得激烈起来："颜小弯你怎么回事？为了一个性骚扰的变态就这么说徐老师？徐老师不是我想象中的样子，那会是什么样子？他为人好、教学水平高，一直是我们医学院学生的榜样，不管哪方面都非常优秀。你说的恋爱对象不会就是那个变态吧？亏得徐老师这么欣赏你，多次夸奖你，你这样做对得起徐老师吗？！"

　　"这是两码事情。"

　　陆翩芸冷笑："你说徐老师不好，你有什么证据？"

　　颜小弯不知道该如何向陆翩芸解释其中的曲折，只好说："覃洲木并没有性骚扰我们学校的女学生，他是被诬陷的。"

　　陆翩芸压根儿不相信她，义愤填膺道："你疯了吗？居然为那个变态覃洲木说话？我们学校的女生凭什么要诬陷他？况且，他有钱有势,压下这则丑闻不是分分钟的事情吗?"

"正是因为他行事坦荡,所以才选择不压下这桩丑闻。"颜小弯镇定地反驳。

"你这么了解他?你们才认识多久?"

颜小弯说不出话来,徐倦在学院一直挺有声望,这种声望不是三言两语就能贬低的。

颜小弯只不过是想让陆翩芸不要和徐老师太过亲近,陆翩芸就这么大反应。

空气凝固了好久,谁也没有说话,陆翩芸将行李箱手柄抓在手里,自言自语一句:"难怪桑娅也不再跟你说话了。"她瞥一眼颜小弯,冷哼一声,"颜小弯,你真让我失望!"

陆翩芸丢下这一句话后,就拖着行李箱头也不回地走了,寝室门被她撞得砰砰作响。

口拙的颜小弯无可奈何,也不知道如何解释才好,只想着等陆翩芸气消了再跟她谈。

她朋友本来就不多,她可不想因为徐老师的所作所为就和陆翩芸闹僵。

Chapter 31

我们不争论是谁先开的口,
不争论是谁先动的心。

有句古话说得好,说曹操曹操就到。

刚刚和陆翩芸争论了徐老师和覃洲木两人的人品,颜小弯就不期然地接到了覃洲木的电话。

她心情复杂,语气自然也快快的。

"什么事?"她问。

那头安静了一阵,才传来覃洲木低哑的嗓音。

"考试完了?放寒假了?"

颜小弯扭头看了看陆翩芸空荡荡的床铺,回道:"对,放寒假了。"

"那正好。"

"嗯?什么正好?"

他声线冷冰冰的,没什么起伏。

"来我家一趟。"

这没来由的冷漠是怎么回事？

颜小弯刚想拒绝，电话那头就传来冯助理的声音，冯助理刚刚从覃洲木手中救下了手机。如果她没接住的话，手机刚才险些就掉在地上一命呜呼了。

"颜小姐是我是我，你别生气……覃总只要一喝酒就这副臭脾气……咳咳，你千万别跟覃总说我说了这句话啊。"

"他无缘无故喝酒做什么？"

冯助理无奈："哎……还不是为了公司应酬嘛，真是太辛苦了……"

覃洲木这段时间雷厉风行地整顿了公司，用自己的强硬手腕和敏锐的头脑吸纳外资、与有实力却苦于没有资金的中小企业合作，阻止了因丑闻而导致公司股票下降这一颓势。

风波渐渐平息的同时，他还将一直在暗地里对他使绊子的公司保守派隐藏势力一一挖了出来。

他虽然人不在银星市，却始终掌控大局，俨然将鹤安当成了主战场，并且有将公司总部迁至鹤安的想法。

这一系列举措，让他得到了不少赞誉，同时也受到了不少明里暗里的诋毁和咒骂。

而对于这些恶言恶语，他从不主动向人谈及，依然谈笑风生、生活肆意。

语毕，冯助理期期艾艾地再度开口："覃总刚刚结束一场酒会，酒喝得有点儿多，好像谈得不太顺畅，心情不太好……颜小姐您现在有时间吗？"

"你的意思是他喝醉了？撒酒疯？"颜小弯一语中的。

冯助理咳嗽两声："我可没这么说。"她扭头看了捏着高脚杯、面无表情的覃洲木两眼，走远了两步，压低声音，有些为难，"覃总……他能在这种状态下打电话给您，应该是非常信任您的，您能不能过来看看他……"

"好，我来。"她低低应道。

事实上，颜小弯已经好几天没见过覃洲木了。

虽然覃洲木联系过她几次，但她却以要考试为理由——拒绝了。

她从没有喜欢过一个人，所以她感到无所适从，她需要冷静冷静，也需要时间捋一捋最近发生的所有事情。

他们最近唯一的联系就是——每晚他都按时发短信给她，而她也认真回了短信。

不管怎样，通过这几天她彻底明白了，她想念他。

可他是否也在想念她呢？

不得不承认，颜小弯开始因为这些汹涌而来的、从未有过的思绪烦躁起来。

她自认不是一个容易害羞的女生，虽然她经常会被覃洲木逗得脸红心跳的。

她还是很有原则的，只要笃定了自己的想法，她就会去做。

她遵从自己的心，而她的内心告诉她，她想要追求覃洲木。

那日,覃洲木和颜小弯并未来得及从阿康口中得到更多的线索。因为他们刚打算问他问题,就被巡房的护士看见了,实在太凑巧了。

没办法,他们只好找借口敷衍两句便离开了。

那个护士并没有过问为何覃洲木身穿病号服,看到他也是毫不惊讶。虽然护士喊不出他的名字,但这也间接证明了他们对覃洲木这副面孔并不陌生。

那日,离开医院后,颜小弯急着回去找许桑娅,也没来得及和覃洲木多说些什么。譬如,告诉他,如果你愿意的话,你不是无依无靠、无父无母,你不是孤单一人,如果你愿意的话,你还有我。

她满脑子的想法,也组织了不少语言,可在进入覃洲木家时,她却彻底愣住了。

她原本想着,他心情不好,自己一定不能乱说话,一定要好好安慰安慰他,在他心里塑造一个温柔体贴的形象,就算来不及重新塑造,好歹也能改善改善。

但是!

他这叫心情不太好吗?这明明应该叫心情太好了吧?!

冯助理早跑得没影了,估计是知道自己欺骗了她,无颜见她。

冯助理这段日子跟着覃洲木真是越学越不正经了,颜小弯不禁想。

她吐出一口气,看也不看覃洲木,看也不看满屋子精心的布置,看也不看一桌子的菜肴,自顾自地在沙发上坐下。

覃洲木微微勾起嘴角:"生气了?"

"没有。"颜小弯硬邦邦地回复。

他似笑非笑地凝视着她,吐字清晰,一点儿也不像喝醉酒的样子:"现在已经考试完了,你还有什么别的理由吗?"他笑容扩大,"躲我?"

"没有。"颜小弯自己也觉得这个借口有些可笑,"我也没打算再躲。"

"那你是承认躲我了?"

颜小弯一顿,嘴硬不肯承认:"有什么急事吗?关于徐老师的?居然串通冯助理联手骗我,真是好本事。"

"非得急事才能找你吗?"他一挑眉,"不能是好事吗?"

"好事?"颜小弯皱眉,实在想不出能有什么好事。

难不成是找到覃屿树的下落了?

"公司与一家知名外企合作了。"他说。

此番动作扩展了海外市场,最重要的是,公司将不再局限于在受丑闻影响的国内发展,有了更广阔的选择空间。

颜小弯望着他含笑的眼睛怔住了。

他这是在真真切切地向自己表达他的高兴。

在这种人人都认为他会一蹶不振的情况下,他居然做到了力挽狂澜。

他凑近她几分,眼眸深邃,唇畔染着笑意:"你有什么要对我说的吗？"

这下子，颜小弯清楚地闻到了他身上的浓浓酒味。

看来冯助理说得没错，他的确喝酒了，因为高兴而喝。没有大肆开发布会宣扬、没有买新闻通稿，在这种紧要关头，纵使再高兴，他也不能太过显露出来，怕被有心人乘虚而入，只能隐晦地、偷偷地庆祝。

他愿意将自己高兴的事情分享给了她，愿意和她一起庆祝。

一想到这里，颜小弯仿佛感染到了他的情绪，也忍不住跟着他雀跃起来。

"恭喜你。"颜小弯说。

"还有呢？"覃洲木不满足。

"还有……什么？"颜小弯踌躇了，她实在不怎么会夸赞别人，回想了一下自己以前每次考试得第一时老师和父母说的话，无意识地脱口而出，"你真棒？你真厉害？再接再厉？"

覃洲木"扑哧"一声，颇有些好气又好笑："算了，不该指望你说出什么好听的来。"

覃洲木决定换一种方式。

他示意颜小弯走到餐桌前，贴心地帮她拉开椅子："吃饭了吗？"

颜小弯霎时间有些受宠若惊："还没。"她来来回回扫视着满桌子的丰盛菜色，"这是你亲手做的？"

话一出口她就后悔了，看覃洲木养尊处优的样子，怎么可能会做饭。

覃洲木果然轻笑一声，但他并没否认："如果是，你喜欢吗？"

颜小弯没有立即回答，而是拿起刀叉切了一小块羊排送入自己嘴里，老老实实地嚼了嚼，吞掉，然后诚恳地答："味道还不错，挺喜欢。"

"合你的口味？"

颜小弯点点头，又吃了一小块。

覃洲木舒展开眉头，慢条斯理地端起高脚杯，一口一口地慢慢抿酒："那你知道红酒配什么最好吃吗？"

颜小弯想了想："你的意思是红酒配小羊排最好吃？"

覃洲木低笑："想试试看吗？"

颜小弯还没回话，覃洲木已经毫无预兆地前倾身体，手指轻轻地抬起她的下巴，声音里带了些不容反抗的蛊惑味道。

"闭上眼睛。"

他隔着桌子准确地捕捉到她的唇，她的唇柔软又甜蜜，浓郁的酒液顺着贴紧的唇瓣渡到她嘴里，微甜微涩。

嗯，没错。

红酒配你最好吃。

覃洲木很快松开了她，看着她一瞬间僵住的表情，淡定自若地坐回了自己的位置上，用餐布慢慢擦拭着不小心晃出酒杯滴落在手指上的红酒残渍。

"怎么样，红酒配小羊排，还合你的口味吗？"

颜小弯低下头，紧紧地咬着下嘴唇，隔了许久才低低吐出几个字：

"你为什么亲我?"

覃洲木接话接得很快:"作为你给我的奖励。"

颜小弯倏地抬眼,起身,极快速地伸手拉住覃洲木的领带,在他微讶的表情里,蜻蜓点水般地在他唇上触了一下。

不是想象中浪漫的样子,鼻尖与鼻尖猛地撞在一起,有些疼,在分离的那一秒,颜小弯吃痛地捂住了鼻子,觉得自己有些滑稽。

但是,做完了自己想做的举动,说完了自己想说的话,颜小弯只觉自己扳回了一局,心里不禁有些得意。

她坐回椅子上,又自顾自地吃了一小块羊排。

"可我不喜欢红酒配小羊排,我不喜欢喝酒。"

她说:"你亲我是因为喜欢我,对吗?喜欢我你就直说,为什么用红酒做借口?你不说我怎么知道?你太迂回了。"

覃洲木自认自己在感情里是主动进攻型,但此刻听到颜小弯直来直往的话语也不由得有些发愣。

他丢开餐布定定地望着她发红的鼻尖,也不由自主地摸了摸自己的鼻子:"我不直说?我迂回?"

颜小弯想了想,诚恳地说:"对,比如……我喜欢你,覃洲木。虽然我不知道是什么时候喜欢上你的,也不知道为什么会喜欢你这样的人……"她顿了一下,看着覃洲木不太好看的脸色,接着说,"但我就是喜欢你,你愿意和我在一起吗?"

主动告白，颜小弯不是不紧张，不是不忐忑。

但是，她骨子里是极传统的，她更愿意把宣示情感当作一种仪式。

没有互相说过喜欢，没有确切说过要在一起，就不算是喜欢，不算是在一起，顶多是玩暧昧。

说她古板也好，固执也罢。

她此刻确认了自己的心，就要勇敢说出来。

所以，她对他说："我喜欢你，覃洲木。"

听完这番表白的话，覃洲木戏谑的笑意消失得一干二净，他从微怔中回过神，垂下眼不知道在想些什么。老半天，他才再度开口，语气里带着某种紧绷的慎重。

"我之前不是说过，我在追你吗？"

"你是说在人体标本陈列室那次？当时你明明在开玩笑。"颜小弯反驳。

"你怎么知道我是开玩笑？"覃洲木反问。

"你分明是误以为我是幕后的神秘人，所以才接近我。"颜小弯一副你别以为我不知道的样子，带着些不同往常的挑衅和得意，她一字一顿，"是我先向你表白的，覃洲木。"

是我先喜欢你的，覃洲木。

我就是喜欢你，你愿意和我在一起吗？

覃洲木看着她的模样，轻笑一声。

恐怕这世上也只有她，能将告白说得无比正经，像是在开学典礼上做汇报演讲一样。

"那好。我们不争论这个了。"

我们不争论是谁先开的口，不争论是谁先动的心。

他很快就缴械投降，因为他突然发现，与其争论这些，他倒更愿意看到颜小弯在他面前表露出更多不一样的一面。

如果说之前的他，只想逗那个时时刻刻小心翼翼的颜小弯，想要看她生气恼怒的样子，那么现在，他想要看到的是更加鲜活的她。

覃洲木看着颜小弯一口接一口吃东西的动作，说："这桌菜其实是冯助理亲手做的。"

在她错愕的表情里，他又带着些苦恼接着说："不是很合我的口味。"

颜小弯放下刀叉定定地回视着他，她无比笃定，此刻他眼里翻涌着温柔的情绪。

"不过，如果你喜欢吃，我可以安排她天天做给你吃。"覃洲木自顾自低笑。

"要是你不喜欢吃她做的也无所谓，我也可以学。对，我承认，我喜欢你颜小弯。你愿意吃我亲手做的小羊排吗？"他唇畔边噙着惯常可见的镇定笑容，这笑容和平时看见的并没有不同，可是她却明显感觉有哪里不一样了。

她说不上来。

她的眼睛弯起来，点点头："好啊，我愿意。"

明明是最亲密的承诺，却正式得像是在会议室谈合同一样。

话虽如此，他看着颜小弯清亮的眼，笑容里不自觉地染上了深意，或许不仅仅是喜欢这么简单。

覃洲木不愿轻易地把爱挂在嘴边，正如他本不欲说出"喜欢"这两个字。

在前二十多年里，他听各式各样的人说过无数的谎话、无数的甜言蜜语。

言语是伤人的利器，也是迷惑人的毒药，他更愿意用行动来表明自己的内心。

但是，如果那个人愿意听、喜欢听，那何乐而不为呢？

他愿意为她妥协。

其实覃洲木也问过自己"是什么时候喜欢颜小弯的，为什么会独独喜欢上颜小弯，不能是别人吗"这个问题。

答案是没有答案。

因为这根本不重要，遇到了就是遇到了，心动了就是心动了。

在接下来的日子里，能和所爱之人互相信任地走下去，荣辱与共、相濡以沫，比什么都重要。

Chapter 32

对于覃洲木,她有把柄在手。

饭毕,冯助理正好敲门进来。

她顾不上解释为什么自己不分时间地点地闯进来,气喘吁吁地望着覃洲木焦急地说:"覃总覃总,据说宋舒玉来鹤安市了。还有,现在一群新闻记者正在楼下围堵您!"

覃洲木对这个名字并不熟悉,他也懒得回想:"谁?"

"就是宋舒玉呀,覃总!"

冯助理越发焦急,在心里把这个一心炒作的人骂了无数遍,却一时不知道该如何解释这个名字。

"就是最近那个挺出名的新生代女演员宋舒玉。"她看到一旁的颜小弯,突然回想起一桩旧事,"就是您之前让我替颜小姐要签名照的那个宋舒玉呀!"

宋舒玉?新生代女演员?

颜小弯想起来了，宋舒玉是覃洲木来鹤安市之前，传得沸沸扬扬的覃洲木的绯闻对象。自己和覃洲木初遇时，还说过自己是她的粉丝，拿她当借口。后来因为性骚扰事件，宋舒玉果断地在媒体面前澄清了所有的绯闻，把自己撇得干干净净的，说自己和覃洲木之间是清清白白的。

那则新闻，颜小弯还听同学幸灾乐祸地提起过。

不过，这则新闻是宋舒玉单方面澄清的，也不知道覃洲木知不知情。

覃洲木对宋舒玉，又是什么样的感情呢？

颜小弯心脏微微收紧，冒出些许醋意，不由自主地看向身旁的覃洲木。

覃洲木却紧抿着嘴唇，看起来居然有些……不耐烦？

他起身走至落地窗前，拉开窗帘，果然看到楼下又围着一群记者，刚消停了没几天，现在又一次被这个女人推到风口浪尖上。

覃洲木对这种牛皮糖一样、趋炎附势的女人并无好感，他冷笑一声："她来干什么？"

此刻，宋舒玉摘了墨镜，正舒舒服服地坐在酒店房间里休息。她一边享受着助理递过来的咖啡，一边饶有兴致地看着刚刚做好的指甲。

半个小时以后，她在鹤安市还有一场商演，容不得出半点儿差错。

可还没休息多久，门口就传来急促的敲门声，还不待宋舒玉开口说"进来"，小助理就慌慌张张地推开门："宋姐，宋姐，不好了！"

宋舒玉被她吓了一跳，不耐烦地皱起眉："叫什么叫？"

"覃先生……邀您一叙！"

宋舒玉在听到这个名字的瞬间眉头一松，她早料到了覃洲木会邀她见面，因为这也是她此行的目的之一。

她好整以暇地在沙发上换了个姿势，一点儿也不着急："哦，覃洲木啊？让他等着，等商演结束，我就过去。"她想了想，又叮嘱一句，"哦，对了，见面的时候，你记得叫上几家媒体偷拍几张我们的照片。"

小助理哭丧着脸："可覃先生说现在就要见您！"

宋舒玉气笑了："你到底是他的人还是我的人？怎么处处帮着他说话？你是不清楚等会儿我有商演是不是？如果迟到了要赔钱，这个钱你来出啊？"

诚然，宋舒玉是因为覃洲木在鹤安市，才巴巴跑来鹤安市参加商演的。但这也不代表覃洲木可以对她呼之则来挥之则去。既然签了商演合同，就该履行义务，在这方面，她还是很有职业道德的。不得不说，因为覃洲木的关系，自己的身价水涨船高，后来覃洲木陷入性骚扰丑闻，自己亲口澄清与他的关系，又吸引了一大波关注。

但是，随着覃氏企业的再度崛起，丑闻的影响力渐渐降低，无数人渐渐相信覃洲木是清白的，反而对她这种迫不及待澄清的行为，嗤之以鼻。

所以，她这次特意来鹤安市，还隐晦地透露给媒体，自己是为了和覃洲木约会才来的。她甚至还编造了一个理由，自己之前的澄清是因为覃洲木舍不得自己受牵连。

覃洲木本就万花丛中过，绯闻对象千千万，对名声也不太在意。

她自信覃洲木依然会像以往一样，不澄清、不解释。

她自信自己的身份对覃洲木而言，还有利用价值。

更何况，对于覃洲木，她有把柄在手。

"可是……这次和上次不一样了，覃先生回应媒体了，对媒体说自己和您并不熟。他还说……还说自己已经有女朋友了！"

意思就是，所谓的小道消息是宋舒玉一方单方面炒作。

宋舒玉猛地从沙发上站起来，脸色尽失："你说什么？！"

宋舒玉一结束商演，就急匆匆赶到了覃洲木所说的地址。为了照顾她，也为了避开媒体，覃洲木特意将见面地址安排在了她所在的酒店里。

宋舒玉到了才发现，覃洲木并不在，在等她的，是她非常熟悉的冯助理。

宋舒玉强忍住脾气，扶了扶墨镜大步走过去，色厉内荏道："覃洲木他人呢？"

冯助理见多了这种利益至上的女演员，自然知道怎么应付。

她礼貌地笑了笑："宋小姐，以您的身份，应该称他为覃总或覃先生。"

宋舒玉深吸一口气："覃先生人呢？"

"你此番动作到底是何用意？您是想要名，还是想要利？"冯助理不理她的问题，直截了当地问。

宋舒玉一愣："你到底想说什么？"

"宋小姐，做人可不是您这样做的，既然您已经澄清了和覃总的关系，为什么现在又拿覃总做噱头呢？原因恐怕您和我都很明白。我们覃总在流言传出的伊始选择沉默、选择尊重您，但这不代表可以容忍您一而再再而三地得寸进尺。"

宋舒玉没想到会遭遇这么开诚布公的一幕，脸色一变，但却毫不示弱。

"少把你家覃总说得这么清白了，你敢说绯闻传出来的时候，对他就没有益处？怎么，现在身价上涨了，就想把自己撇得干干净净了？哪有那么容易？"

冯助理也毛了，却仍旧忍住脾气："我们覃总看在相识一场的面子上，特意安排我过来和您解释清楚。如果您这么想要一个所谓的绯闻对象，我们覃总不是不可以帮您安排……"

"安排？他还真是本事大。怎么，你的意思是我死皮赖脸地非缠着他了？他自己不出现，还是给我面子不成？"宋舒玉打断她，"我要和覃洲木说话！"

覃洲木早料到了宋舒玉不会这么容易死心，接到冯助理打来的电话时，他并不意外。

"宋小姐。"他的语气生疏而客套。

反正已经撕破脸了,宋舒玉的语气算得上是咄咄逼人:"覃洲木,做人可不是你这样做的,看我没有利用价值了,你就打算甩手走人了是不是?!"

她拿冯助理的话去堵覃洲木,气得冯助理简直想把手机夺回来:"女朋友?最开始怎么不说自己有女朋友?现在嫌我烦了,却要说自己有女朋友了?"

"宋小姐,您恐怕是弄错了,"覃洲木一点儿也不生气,他瞥一眼身旁认真看电影的颜小弯,嘴角不自觉地向上掀起,"我的确有女朋友。"

"女朋友?覃先生您是在开玩笑吗?又是哪个女模特?还是哪个十八线女演员?"宋舒玉讽刺。

覃洲木轻笑:"宋小姐,不要这么说自己。"他顿了两秒,"您十七线还是排得上的。"

"你!"宋舒玉简直气得想吐血。

不知出于什么心态,覃洲木突然正色道:"其实我的女朋友是您的粉丝。"

颜小弯扯扯他的手臂,一脸严肃:"其实我不是她的粉丝。"

覃洲木的眉毛一扬,似笑非笑,完全不顾那头宋舒玉会有什么反应,自顾自地和颜小弯说话:"你的意思是,你一开始就在骗我?"

颜小弯做无辜状:"说得好像你一开始目的很单纯一样。"

覃洲木不置可否,惩罚似的捏了捏颜小弯的脸,颜小弯看着他稍显幼稚的举动,无语地翻了个白眼,惹得他笑弯了眉眼。

　　天知道他这样子坏坏地笑起来有多好看,颜小弯哼一声,心怦怦直跳,赶紧别开脸。

　　他仍在一本正经地跟宋舒玉说话:"抱歉宋小姐,她其实不是您的粉丝。"

　　"你要我是不是?!"宋舒玉深吸一口气,冷哼,"不管是不是粉丝,覃洲木你的眼光真是出乎我想象的低!"

　　"哦,是吗,宋小姐未免有些自视甚高。"

　　覃洲木失去了继续说话的兴致,冷淡起来:"如果你是为了吵架的话,那么多说无益。"

　　宋舒玉恨恨的:"多说无益?对,的确是多说无益!好,好得很,既然你陷我于不义,那我也不会让你好过!"

　　"随你。"

　　宋舒玉气急败坏:"覃洲木你无耻!"

　　覃洲木笑了,他低头漫不经心地把玩着颜小弯的手指,一寸一寸十指紧扣,无比契合。

　　"彼此彼此。"他说。

　　挂掉电话的那一刻,覃洲木望向身旁的颜小弯,语气里带了些委屈:"她骂我无耻。"

　　颜小弯点点头:"她并没有说错。"

　　"哦,我无耻?"覃洲木抬眉,霎时间带了些危险的意味。

颜小弯眨眨眼睛:"你的确很无耻。"

她不想继续这个话题,忍不住问:"你老实交代,你到底有多少绯闻女友?"

"你吃醋了?"

"当然。"颜小弯坦坦荡荡地承认。

覃洲木兀自陷入沉思:"嗯,你是说娱乐圈的绯闻女友、模特圈里的绯闻女友,还是说商界的绯闻女友?"

颜小弯面无表情。

覃洲木"扑哧"笑出声,笑够了这才认真对她解释:"我和这些所谓的绯闻女友并无关系。"他一顿,"就算有,也是彼此心知肚明地互相利用罢了。"

他从小感情淡薄,身边最亲密的人唯有弟弟而已。

弟弟"假死"后,他追崇利益,更是看淡这些。他不否认自己的野心,但这不代表他会胡乱许诺自己的情感。

"我覃洲木的女友,唯你而已。"他用力捏了捏她的掌心,望着她的眼睛低声承诺。

颜小弯勉强相信他,嘴角不自觉地向上扬了扬:"这还差不多。"

"那现在该回答我的问题了吧?"覃洲木笑,"我哪里无耻?"

"你很多地方都……"接下来的话语还哽在喉咙里,颜小弯就因他的动作而屏住呼吸心跳飞快,脸颊上浮起红晕,一个字也说不出来。

他弯腰低笑着凑近她的脸颊,定定注视着她的眉眼,在她的嘴角边啄了一口:"是这样无耻?"他又在她依旧红红的鼻尖上轻柔地吻了一下,"还是这样无耻?"

"……"

宋舒玉回到酒店房间后,越想越气恼,覃洲木突如其来的澄清让她始料未及,他居然会和普通人一样有女朋友?还愿意为所谓的女朋友和自己闹翻,做到这种地步?!鬼才信!

虽然自己的确是存了私心,但自己的苦心经营却被突然拆局,宋舒玉只觉得自己的一番努力全部付诸东流了,不仅什么都没捞到,还成了一个笑话!

她大声对助理说:"把昨晚收到的信封拿来!"

纵使气急,但在拿到信封的那刻,她还是放柔了动作。她小心翼翼地将里头几张清晰点儿的照片拿出来放在茶几上,一张一张地翻看。

宋舒玉本想着如果覃洲木愿意配合,她就将昨天晚上她刚抵达鹤安市时收到的那封神秘来信转交给他,与他达成合作。

这封信,对她并无益处,反而对覃洲木是大大的不利。

但现在看来,完全没必要了。

她冷笑:"既然你不仁,就别怪我不义!"

Chapter 33

好，我不再问，
你是否像我爱你一样爱我。

医院住院部的病房里，阿康趴在床上，一粒一粒地数着铺满整张床的糖果。可数来数去他都没有数清，他开始发脾气，将糖果悉数扔在地上。

"不数了，不数了！"

身后的男子严厉地出声："阿康，不许乱发脾气，捡起来！"

阿康吓了一跳，他扭头，委屈又害怕地扯了扯身后男子的衣袖，实在不明白为什么温柔的哥哥隔三岔五就变得如此严厉了。

"哥哥，哥哥，你怎么啦？你不要对阿康这么凶好不好？你不是答应过阿康，以后不会对阿康这么凶的吗……阿康会乖的！"他边说边弯腰捡起地上散落的糖果。

"你看，阿康很乖，阿康捡起来了。哥哥？哥哥你为什么不说话？"

覃屿树一怔，大脑里仿佛有一阵又一阵的电流通过，眩晕感与疼痛感交织，他难受地捂住了头，好半天都发不出声音来。

在刚才那个瞬间，他仿佛不再是自己……

那么，自己到底是谁呢？

自己到底……想要成为什么样的人呢？

覃屿树将模糊的视线转向阿康……阿康童年的经历和自己意外地有几分相似，所以自己总忍不住把他当成亲生弟弟一样照顾……

在最近五年里，他时常会出现这样的状况，时常意识不清醒，感觉不能控制自己，就像一具行尸走肉一样，但每当清醒的时候，却总能看到徐医生出现在自己身旁……

对！徐医生，只有徐医生能救自己！他是自己唯一的救命稻草！

过了好几分钟，那一波接着一波的疼痛才平复下来，覃屿树深呼吸几口气，安抚地摸了摸蹲在地上捡糖果的阿康的头顶。

"没事，阿康别怕，哥哥会保护你的。"

阿康根本不知覃屿树刚刚经历的痛苦与难受，他开心地笑起来："哥哥你、你怎么老说这句话呀？"他清了清嗓子，学着覃屿树说话的样子一本正经地重复，"哥哥会保护你的！"

他笑得乐不可支："哈哈，哥哥你真搞笑呀！哈哈哈哈哈！"

覃屿树的表情严肃起来："阿康，这不是开玩笑，你听话一点儿不要惹事，毕竟哥哥不是每时每刻都陪在你身边，要是再发生爆炸……"

话说到这里，他突然顿住。

他怎么会突然说出这两个避之不及的字眼?

阿康脸上的表情也出现了一刹那的怔忪,他仔细回想了一下,印象里自己的确经历过一场爆炸,但可惜的是什么细节也想不起来。他无所谓地挥挥手作罢:"阿康、阿康才不会惹事呢!"

他挠挠头,突然不好意思起来:"哦,阿康有一次去找徐医生玩,可徐医生很忙不理阿康,阿康就生气了,犯病了,砸坏了徐医生的东西。"他嘻嘻笑起来,无所顾忌地说着自己的病,"阿康还害得徐医生搬到了别的地方去了。"

覃屿树有些无奈和心疼:"都说了让你少去麻烦徐医生。"

阿康做了个鬼脸,笑嘻嘻的:"徐医生对阿康好着呢,徐医生跟哥哥一样好。不对,哥哥才是世界上最好的……徐医生不会生阿康的气的,还安慰了阿康好久!阿康最喜欢哥哥和徐医生啦!哥哥也喜欢阿康对不对?"

病房的门被敲响了,护士探头进来:"覃先生,徐医生让您过去一趟。"

覃屿树微笑着点头应允,他正好也想找徐倦。

他回头叮嘱阿康:"哥哥先走了,下次再来给你读故事。你要是无聊就看看动画片,护士姐姐很忙,尽量不要打扰她们了。"

阿康拍拍胸脯,赶紧保证:"放心吧,哥哥,阿康一定乖乖的。"

可覃屿树刚走出病房,便回想起来了。

他刚刚为什么突然说到"爆炸"这两个字？

因为，阿康也是五年前那场爆炸案的亲历者。

徐倦看到进门的覃屿树，示意他坐下，给他做了常规的检查后，徐倦微微一笑："你的病已经好得差不多了，基本可以断药了，并且不用多久就能出院了。"

覃屿树对徐倦历来信任，可他听了这番话却并不开心，反而一片茫然。

"出院？可我出院了，我又能去哪里？"

他脑海里第一个想起的人是哥哥，他迫不及待地想去找覃洲木。可是不行，哪怕他明知道哥哥此时就在鹤安市，明知道哥哥正在找他，他也不能出现，他只能躲避。

他在公众眼中是已死之人，他不想给哥哥添麻烦，更何况……

徐倦一眼看透他的不安："你在害怕什么？"

"我……没有……"

"你怕你哥哥知道是你亲手害死了你们的养父母？亲手害死了百货大楼无数无辜的顾客？你怕你哥哥怨恨你？"

覃屿树悚然一惊，猛然回想起那天听到的无数可怕的声音。

那些声音日日折磨着他。他不是不后悔，不是没有良心不安，但每当他后悔不安时，憎恶与不满的情绪又会席卷而来。

两种声音吵得他头痛欲裂。

"不！"他大声喊出来，捂住脑袋，全身止不住地颤抖。

"好了。"徐倦柔声安慰情绪不稳定的他,"别再想了,说不定你哥哥会原谅你呢?"

"原谅我?"他像条溺水的鱼似的大口大口呼吸,眼睛里闪烁着病态的亮光,"真的吗?哥哥真的会原谅我?"

"嗯。"

徐倦慢慢用消毒水清洗着手指,他瞥了覃屿树一眼,语调有些奇异:"如果你是覃洲木,你会怎样?如果你的弟弟覃屿树做了这样的事情,你会怎样对他?你会原谅自己的双胞胎弟弟覃屿树吗?"

覃屿树呆滞地重复:"如果我是覃洲木?"

如果……我是覃洲木……

覃屿树离开了。

他其实从没有在精神科住院部待过,也从没有在医院其他楼层出现过。至于几个月前的夜晚,覃屿树出现在鹤安医大的解剖楼,也是徐倦一手安排的。

徐倦的所作所为看似漏洞明显,却只是为了拖延时间,让覃洲木留在鹤安市罢了。

所以每当覃洲木过来寻找时,都是徒劳无功,况且,就算他获知了线索,也找不到确切证据。

徐倦给覃屿树另找了一所僻静的房子居住,离住院部很近,方便他时不时过来住院部治疗,同时也是为了让他时不时在住院部露脸。

徐倦整理完手头的工作，刚一踏出住院楼，就听见大门口传来的争执声——

　　"好好一个住院部凭什么不让人探视？你讲不讲道理？"

　　"和主治医师打了招呼才能进？我来看的是我的亲戚，又不是主治医师，凭什么要他同意？！"

　　"我再说最后一次，我来看阿康，你别跟我说不认识阿康，他经常在住院部外面的院子里玩，我看到过好几次了！"

　　徐倦叹口气，慢慢喊出一个名字："许桑娅。"

　　原本正在跟门口的守卫牵扯不清的许桑娅彻底僵住，她看也不看徐倦，自顾自地说："实在不让进就算了，谁稀罕啊！"说完，她就转身打算离开，没走几步手臂就被人牵住。

　　身后传来魂牵梦萦的熟悉嗓音。

　　"你来这里做什么？"

　　与他皮肤接触的那一刻，许桑娅忍不住浑身战栗，她暗自咬牙："徐倦，你放开我！"

　　她低估了徐倦的力气，她根本甩不开他，被他反手牵住。

　　"跟我走。"

　　许桑娅怒极反笑："跟你走？我凭什么要跟你走？"

　　徐倦脚步不停，声音紧绷得厉害："怎么？你想进去找覃屿树？"

　　许桑娅在听到这三个字时，冷笑一声，这声笑让她越发控制不住情绪："覃屿树？覃屿树是谁？我只认识覃洲木，可不认识什么覃屿树。怎么了？覃屿树是你什么人？你就这么担心我去找他？"

徐倦强忍住心底涌起的倦怠感:"别闹了。"

他握住许桑娅的手指越发用力,许桑娅吃痛却忍住没发出声音,他问:"你最近几天去哪儿了?为什么没参加考试?"

许桑娅回呛:"你在乎吗?你管那么多干什么?"

几句话期间,两人已经走到了医院的停车场。

徐倦掏出口袋里的车钥匙,不远处的车灯亮了亮。

他打开车门,并不是很怜惜地将许桑娅推进副驾驶,随后自己也坐到驾驶座的位置。

他深吸一口气,侧头紧紧盯住许桑娅,脸上没有一丝表情:"我再问一次,你最近几天去哪儿了?"

电话也打不通,人也基本不在寝室。

他问过陆翩芸等人,没有人知道她的确切信息。

他承认,他有些慌了。

诚然,他希望许桑娅离自己越远越好,但前提是在自己的保护范畴之内。

哪怕她找了一个男朋友,整日谈情说爱,再结婚生子,都比消失得无影无踪要好。

这不是他想要的分离。

如果,将她推开的后果是再也见不到她,那他宁可将她牢牢抓在掌心。

"你在乎吗?"许桑娅嗤笑。

长久地沉默之后,他点头承认:"我在乎。"

许桑娅愣住了,她没料到是这个答案。

但她没有勇气问徐倦在乎的理由是什么,她害怕听到她不想听到的答案。

她只觉得很累,无尽的疲倦感席卷了她的全身。

她颓然地将头靠在车窗上,安静地注视着黑暗的停车场。黑暗里一片寂静,仿佛有什么东西在隐隐蛰伏蓄势待发,谁也不知道未来会发生什么样的变故,也不知道那些变故到底掌握在谁手中。

"我这几天去旅游散心了,"她并不看徐倦,嘴角向两边僵硬地扯了扯,"虽然好像作用不大。"

她最近几天去了一趟银星市。可能是为了短暂地逃离徐倦吧,她说不上原因。就是想一个人去走走看看,去到覃屿树居住过的城市里,踩过他可能踩过的道路,感受一下他感受过的风。

她试图把自己从藕断丝连的怨恨中拉扯出来,可这一点儿用也没有。

她想,她永远无法释怀,她可能永远无法原谅覃屿树,哪怕他此举可能是出于精神分裂,而非自主意愿。

她也永远无法原谅自己的所作所为,她永远都是双手沾满血腥的帮凶。

但是,治疗他长达六年之久的徐倦呢?他是否与爆炸案也有关联呢?

她不愿去想，因为她不愿自己心底最干净的存在被玷污。

她只知道，即使是短短的几天，她依然无法克制自己想念徐倦，她无比想要回到他身边，见到他的脸。

所以她找借口硬闯住院部，弄出种种动静，无非是为了徐倦罢了。

"既然作用不大，那就回来吧。"徐倦说。

"回来？回到哪里？我有地方可以回吗？"

不待徐倦回答，她又自我摇头否认。

"这算什么？"她喃喃，"你这算什么？你是在同情我吗？徐倦？"

"你希望我同情你吗？"徐倦问。

许桑娅缓缓转过头，眼底有泪光一闪而过。

"我希望。"她几乎是迫不及待地回答。

她直直地望着徐倦的眼，仿佛想要看清他眼底的自己是何种悲惨的模样。

她不管不顾地迎上去，而徐倦也不避不让，在黑暗中低头吻住她的唇，不似那晚一般凶猛，而是温柔的，带着某种说不出的情愫。

空气仿佛停滞了许久，许桑娅攀着徐倦的脖子，将头靠在他胸口的位置，感受着他沉稳有力的心跳声，又听到了自己紊乱的喘息声，她颤抖着开口："那你和我在一起好不好？我们在一起好不好？"

静默了良久，徐倦似有若无地发出一声叹息，他紧紧盯着后视镜里自己无波无澜的眉眼。

他的胸腔微微震动。

"好。"他说。

许桑娅满足地笑了,又抬头贴上去寻找他冰凉的唇。

好,我不再问你是否像我爱你一样爱我,也不再问你和覃屿树到底是什么关系。

只要你和我在一起就好。

对,我许桑娅在爱情里是卑微的,是犯贱的。

我的私心、我的赌气只不过是为了让你多看我哪怕一眼。

但是徐倦,你说你比我想象的更了解我,我又何尝不是呢?

我也了解你的,徐倦,可能比你想象的还要了解。

就算你突然转变态度是别有目的,可那又怎样?

就让我心甘情愿地沉溺其中。

Chapter 34

这次的小聚，根本是个局。

　　自从覃洲木将所有焦点凝聚到徐倦身上后，徐倦很久都没有了动静。不知此刻的他引而不发是为了酝酿更大的局，还是他已经知晓自己暴露了，索性选择暂时沉默。

　　覃洲木这几天虽主要忙着处理公司的事务，但也没有停下寻找弟弟的脚步。自那天起，他便安排人时时刻刻蹲守在医院附近，终于在几天后发现了覃屿树的踪迹——他穿着宽松的兜帽衫行色匆匆地进入住院楼，隔了几个小时后，他又神色恍惚地走出来。

　　可当蹲守的人正欲追上去时，却被心思细腻的覃屿树发觉了，他对这附近的道路无比熟悉，几个转弯就消失不见。

　　但不管怎样，覃屿树的的确确在这里治疗，徐倦欺骗了他们。

　　当某个重磅消息铺天盖地爆发出来之前，颜小弯和覃洲木突然收到了许桑娅的邀请,去往许桑娅小时候居住过的福利院小聚。

当天恰好是感恩节,一个阖家欢聚的节日。

颜小弯颇有些惴惴不安,许桑娅已经好几日没有联系过自己,而自己也联系不到她,偶尔的碰面也极其冷淡。

不过好在另一个室友陆翩芸的脾气来得快去得也快,颜小弯耐心地拿出各项证据,向她解释了覃洲木只是受到别人诬陷后,也得到了她的理解。

当然,前提是她没有再对陆翩芸说徐倦任何不好的话。

车子刚一停在一栋看起来干净朴素的小院里,楼里便跑出了好几个看起来不过四五岁的孩子,他们好奇地打量着车里的覃洲木和颜小弯,嘻嘻哈哈不知道在商量些什么。

远处,几个看起来像老师的人也不阻止他们,而是温柔地冲覃洲木和颜小弯的方向点了点头,看情形应该早就知道了今天会有人过来探望。

下车后,颜小弯跑去后备厢拿送给小孩子们的礼物,其中一个个头儿稍高一些的胆大女孩儿则跑过来主动问覃洲木:"你们是颜姐姐和覃哥哥吗?"

覃洲木身量极高,他蹲下来,正好平视着孩子们,他笑眯眯的很有亲和力:"对,你们怎么会认识我们?"

"是桑娅姐姐让我们来接你们的!"

又有小孩儿插嘴:"桑娅姐姐说是一个漂亮的哥哥和一个漂亮的

姐姐！"

"是吗？你也觉得她好看是不是？"覃洲木笑意越浓。

"是呀，是呀，覃哥哥，那位漂亮的颜姐姐是你的什么人？女朋友吗？她为什么不说话呀？是不喜欢我们吗？"

覃洲木好像天生就是孩子王，三言两语就获得了一众孩子的好感。他们拉着覃洲木说个不停，反倒让孤零零站在一旁提着礼物一句话也说不出的颜小弯有些尴尬。

颜小弯从小就不善言辞，就算偶尔逢年过节和亲戚聊上两句，也很快就冷场了。

虽然不是很愿意承认，但对亲戚尚是如此，对陌生人更甚，所以她也很怕和陌生人接触，生怕自己会说错话，索性便少说不说。也因此，她时常会被长辈们或同学们说成冷漠不近人情。

看到一群陌生小孩子的瞬间，颜小弯心里生出面对考试都不会有的头皮发麻的紧张感。

覃洲木回头看颜小弯的瞬间，颜小弯僵着脸故作不在意地别开眼。

覃洲木好笑又怜惜，他起身接过她手中提着的礼物，用空着的一只手紧了紧围在她脖子上的围巾，低声问她："冷不冷？"

"还行。"

覃洲木失笑，牵住嘴硬的她的手，揣入自己的大衣口袋里。

"有没有感觉好一点儿，嗯？"

他侧头冲一众孩子笑道:"覃哥哥的女朋友颜姐姐特意给你们带了好吃的,你们乖的话,颜姐姐就会分给你们吃。"

他这话说得温馨又自然,好像,颜小弯是覃洲木的女朋友,这本就是天经地义的事情一样。

孩子们欢呼起来:"颜姐姐最好了!"

颜小弯脸蛋红红的,她看了看覃洲木鼓励的眼神,慢慢地朝孩子们露出一个微笑:"你们喜欢吃什么口味的?"

孩子们本就活泼自来熟,他们纷纷热情地围住颜小弯,一口一个颜姐姐叫得无比亲切。她紧张的心在孩子们的欢声笑语中渐渐平静变得柔软。

在她不经意地扭头间,覃洲木不知何时已经远离了几步,与福利院的老师攀谈起来。

他认真的时候与平时截然不同。

仿佛注意到了颜小弯的视线,他侧目看过来,嘴角边依旧是熟悉的笑容。

长身玉立,眉目如画,整个人好看得不可思议。

这就是他。

在认识之初,颜小弯总觉得覃洲木此人太不正经,过于圆滑,好像什么事都不放在心上。但只有接触了才知道,根本不是这样。

不管表象如何,不管外人怎样看待他,他只会把自己的真实情绪展现在在乎的人面前,他的温暖和细腻是不着痕迹的。

他是最懂自己的人。

分完礼物，在孩子们的指引下，颜小弯见到了好久不见的许桑娅。

颜小弯怎么也没想到，许桑娅居然在厨房里，打算给福利院的孩子们做饭。

看到颜小弯出现，许桑娅熟稔地朝她招手，就像前段时间的冷战从没存在过一样。

"小弯快过来，快来帮我尝尝看这道菜味道怎么样？"

在她期盼的眼神里，颜小弯咽下口中的菜，赞许地点点头："还不错，比上一次的好多了，如果少放点儿盐就更好了。"

许桑娅舒了口气："还是你说的话最靠谱。不像徐倦，每次他都只说好吃，根本就不说实话，害得我都不知道自己有没有长进。"话虽如此，但她眉眼里的笑意却怎么也掩饰不住。

颜小弯心里咯噔一下："你……还和徐倦在一起？"

这句话说出口的时候，恰好水开了，水壶"咕噜咕噜"响个不停，许桑娅火急火燎地去拔插头，并没注意到颜小弯的话。

"小心烫手！"门口有声音喊道。

徐倦端着洗干净的蔬菜走了进来，他看到颜小弯微微一笑："你们来了。"

颜小弯心里莫名有些慌，低低喊了一声："徐老师。"

紧接着覃洲木也随着他的脚步进入了厨房，显然已经知道了徐倦的存在，他的表情并没有过多的变化。

许桑娅不满了:"你们一个个都挤进来干吗?要是我不能在厨艺界大展拳脚,那可都赖你们啊!去去去,你们两个客人都一边玩儿去!"

在颜小弯正欲走出去之际,许桑娅又喊住她。

"哦,对了,喊你们过来,一是为了告诉你们一个好消息,二是好不容易放寒假了,今天恰好又是感恩节,大家都在鹤安市也是难得的缘分,所以想喊你们一起吃顿便饭聚一聚。本来想直接定在徐老师家里,又担心你们觉得拘束不肯来,所以索性定在这里,我出生生长的地方,和孩子们一起,这也是徐倦的意思。"她故意瞟了覃洲木一眼,"嗯,我就知道你们肯定不会空手来的,算是借你们的手给孩子们一点儿感恩节的小礼物,哈哈哈哈,是不是觉得我很有心机?!"

颜小弯默默想着,的确,如果知道徐倦在场,自己可能并不会愿意出现。

但她还是快速抓住重点:"你说什么好消息?"

许桑娅眼风扫向徐倦,巧笑倩兮:"我和徐倦正式同居了。"

声音不大,但话音刚落的那一刹那,颜小弯的心猛地一沉。

"徐倦哥哥。"一道童声打破了诡异的安静。

刚才主动和覃洲木搭话的小女孩儿跑进厨房来:"徐倦哥哥你刚在择菜洗菜的时候,不小心将手机落在外面了,好像有人在找你哎,你的手机振动了好久。"

徐倦接过手机,揉一揉小女孩儿的头发,语气宠溺:"谢谢你,不过以后不要再叫我哥哥了,要叫叔叔知不知道?"

许桑娅白了徐倦一眼,冲小女孩儿道:"别理他,明明年纪不大,非喜欢被人叫叔叔,什么毛病?"

徐倦无奈,却也不反驳:"你呀。"

许桑娅翘起嘴巴,装作凶巴巴的样子:"你什么你?快来帮我干活儿!"

小女孩儿做了个鬼脸,丢下一句话便往外跑:"徐倦哥哥明明是桑娅姐姐的男朋友,当然应该叫哥哥咯!"她机灵的模样和许桑娅简直一模一样,惹得徐倦连连摇头。

虽然许桑娅与徐倦之间的相处的确和普通情侣一样,可颜小弯却总觉得,两人之间的气氛微妙得很。

也许是错觉吧……

一大群孩子叽叽喳喳地围在一起吃饭,使得这顿饭吃得异常热闹。许桑娅超水平发挥,大部分的菜味道居然还可以,不咸不淡的,赢得了孩子们的广泛好评。

可颜小弯却有些食不知味。

这个世界委实匪夷所思,兜兜转转,试探来试探去,有过争执也有过怀疑,可各怀心思的他们四个居然还能安安稳稳地坐在一起吃顿饭。

饭后,孩子们心满意足地去院子里玩耍了。许桑娅说有心事要和颜小弯聊一聊,便拉着她上了楼,给楼下两人留下单独的空间。

"别太拘束了,随便坐。"许桑娅说。

她指一指颜小弯身后:"我从小就在这里长大,对楼下院子的一草一木都很熟悉。楼上的每个房间我都玩过捉迷藏……你看,挨着床头那面墙壁上刻的那几个字,还是我当年无聊刻下的。"

颜小弯保持沉默,她知道许桑娅肯定是有话要说。

"自院长爷爷离世后,我只要有时间都会回到这里照看大家。虽然我没什么钱,但好歹也能干一些体力活儿,能帮一点儿算一点儿。"

颜小弯点头:"嗯,我明白,换作是我,自己亲爱的爷爷无辜惨死,我也会恨那个始作俑者。"

"你不明白,我不是在说覃屿树!"许桑娅快速打断颜小弯,她烦躁起来,"我也不想说他!"

颜小弯有些急了:"那你知道徐老师和覃屿树的关系吗?"

许桑娅猛地站起身:"你是想教训我吗?我知道又怎样,不知道又怎样?徐倦是徐倦,覃屿树是覃屿树,别把他们混为一谈!"

"我不是这个意思,桑娅你能不能不要这么极端?你这是助纣为虐你知道吗?"

颜小弯感到深深的无力,她想要阻止孤注一掷的许桑娅,却不知道如何表达才好。

她不愿自己的好友义无反顾地陷入泥沼之中。

在她看来,覃屿树是罪恶的深渊,徐倦又何尝不是?

许桑娅何苦让自己从一个罪恶的深渊转而跳向另一个罪恶的深

渊?

"何为纣、何为虐,我清楚明白得很,不需要你提醒。"许桑娅冷笑,"你怎么不检讨检讨自己?你不是也恨覃屿树吗?那你还跟覃洲木混在一起?你和我有什么分别?"

颜小弯耐下心来解释:"不一样,我了解覃洲木,他有明确的是非观,在这一点上,他不会包庇覃屿树的。"

"嚯,了解?"

许桑娅闭了闭眼:"颜小弯,你知道我最讨厌你什么吗?我最讨厌的就是,你自以为是地将自己摆在道德制高点,自以为是地指责别人。你不是我,你根本就不明白我的感受!你有爱过别人吗?你知道那是什么样的心情吗?你根本就不懂。别装得这么伟大,真的,颜小弯我不需要你光环万丈得像是能照耀全宇宙,你非要衬托得我无比阴暗、无比自私是不是?"

她长长吐出一口气:"你顾好自己就够了,覃洲木身上的麻烦事也不少吧?你少把自己当成圣母,别事事都要插一脚行不行?我谢谢你,我的事情不用你管!"她一顿,冷冰冰地说,"我就不该想着和你缓和关系,特意喊你过来吃饭。"

"许桑娅!"颜小弯也彻底怒了。

楼下。

两个同样外貌出众心思深沉的男人,丝毫不知道楼上发生的种种争执，也丝毫没有受到过往矛盾的影响。

即使他们都对对方的所作所为心知肚明。

徐倦紧抿的唇轻轻向上一扬，他将自己面前的两个空酒杯倒上酒，推了一杯酒到覃洲木眼前："徐某委托好友特意从法国带回来的名酒，覃先生要不要赏脸品鉴品鉴？"

覃洲木嘴角噙着笑："徐老师客气。"

他执起酒杯，慢悠悠地将里头暗红的液体轻微晃了晃，随后小酌一口，甘甜与苦涩交织的味道在味蕾绽开。

"的确不错。"他赞赏道。

"覃先生喜欢就好。"

覃洲木搁下高脚杯，没什么情绪的眼睛轻飘飘地扫过对面的徐倦："喜欢归喜欢，只是不知道徐先生费尽心思地利用屿树引我来鹤安，再利用许桑娅引我来这里，到底是何用意？"

面对覃洲木咄咄逼人的直白话语，徐倦不再像上次一样装傻，他丝毫不打算掩饰，痛快地承认。

"你说得没错。的确是我发的短信，的确是我引你来的鹤安市。覃屿树也的确在我手里。"他突然笑了笑，"或许现在的他，相比他亲爱的哥哥，要更信任我一些。"

望着覃洲木渐渐冰冷的神色，徐倦眼里甚至隐隐地透出些怨懑与快意。

"想必覃先生还记得自己的绯闻对象宋舒玉小姐吧？"

宋舒玉？徐倦怎么会突然提起这个名字？

覃洲木眉头一蹙,心思灵敏,很快明白过来。

这次的小聚,根本是个局。

"徐老师什么意思?"他语调微寒。

徐倦故作微讶:"两个小时前曝光的新闻,覃先生不知道吗?"

覃洲木表情越发阴郁。

两个小时前,恰好就是许桑娅独自在厨房做饭那会儿。

覃洲木的手机早已没电,不是工作时间他本就不接工作电话,所以并不是很在意手机是否有电,没能接到冯助理打了几百次的电话,自然也不知道所谓的新闻。

"巧得很,曝光的这起隐私,就是覃先生的绯闻对象宋舒玉小姐透露给媒体的。"徐倦说。

他起身,不知从哪里找出遥控器,几个频道迅速地从眼帘跳转而过,最后停在了本地电视台的频道上。新闻主持人紧绷着脸,语速飞快,不知道正在急促地说些什么。

覃洲木看也不看电视屏幕,紧紧地盯着徐倦,面无表情地一字一顿:"是你。是你借了一心想爆红、被拒后恼羞成怒的宋舒玉的手来陷害我。"

"你的目的是什么?"覃洲木问。

徐倦蓦地一笑。

"覃先生错怪我了,今天我可没什么别的目的。"徐倦温温和和地说,"作为精神科医生,观察病患是我的职责。我顶多,是想观察观察我的老病患——覃洲木先生罢了。"

电视里，下午举行的发布会上，宋舒玉向记者们哭诉着，声泪俱下，看架势是不把自己彻底洗白誓不罢休。

在无数闪光灯和"咔嚓"拍照声中，她一边拿纸巾捂着脸一边断断续续地诉说着自己与覃洲木之间剪不断理还乱的感情纠葛。

"……洲木一直都对我很好，正是为了保护我，才选择隐瞒我们之间的恋情。

"我知道，他还是爱我的，他之所以对媒体说自己与我不熟根本是另有隐情！

"他之所以一直情绪反复无常，时而陷入颓废萎靡不振，时而手腕强硬雷厉风行，最近几年还时常独自前往鹤安市……你们难道从没有想过原因吗？

"其实是因为洲木他身患精神分裂长达六年！"

覃洲木身患精神分裂？而且长达六年？

此言一出震惊了所有人。

而宋舒玉还委委屈屈地将几张"覃洲木"身穿病号服出入医院的照片递给记者们看，还说这是以前自己陪同覃洲木秘密来看病时拍下的。

说到最后，宋舒玉又装了一把可怜，说自己之所以选择曝光其实是为了覃洲木好，不愿看到他病情恶化，希望他得到更好的治疗。

记者们动作很快，顺藤摸瓜地找到了绯闻女友宋舒玉口中，"覃洲木"在银星市秘密就诊的精神科住院部。

当记者拿出覃洲木的照片向住院部的医生护士们求证时，他们犹豫了好久，显然，这桩千叮咛万嘱咐不能泄露的隐秘突然被揭发让他们始料未及。

最终他们还是面面相觑，承认了医院的确有这样一位病患。

同时还透露了，该病患隔三岔五就会来住院部治疗。

医生护士口中"覃洲木"出现的每一个时间段，恰好与覃洲木离开银星市，来到鹤安市的时间段无比吻合。

由于"覃洲木"身份特殊的缘故，他的资料并没有留在医院，所有的医护人员也被要求缄口不言，具体情况只有他的主治医师徐倦知道。

当问到"覃洲木"治疗的这几年与谁关系最亲近时，好几个护士指向了阿康，声称阿康是"覃洲木"的弟弟。

可记者找到病房里独自玩耍的阿康，却足足吓了一大跳，因为阿康的年龄明显比"覃洲木"要大上好几岁。

经过长时间的安抚，阿康渐渐平静下来。

在聊天的空当，记者抓住他言语里的信息点，问道："阿康，你知道经常来陪你的哥哥叫什么名字吗？"

阿康性格单纯根本不会骗人，他一派天真地说："我知道呀，哥哥告诉过我的，我记性可好啦！"

记者半期待半紧张地问道:"叫什么名字?"

阿康眼珠骨碌骨碌转,陷入回忆,老半天才兴奋地喊起来,对着摄像头嘿嘿直笑,这副傻样直直地落在电视机前面无表情的覃洲木眼里。

"啊,我想起来啦,哥哥的名字叫覃洲木!"阿康一字一顿,嘴角几乎要咧到耳畔,"覃、洲、木。"

Chapter 35

世上没有那么巧合的事情，就算有，也会留下蛛丝马迹。

这几天，新闻里详细报道了阿康的故事，又或者说，是因为"覃洲木"的关系，深入挖掘了阿康的经历。仿佛通过这种手段，就能获知一些关于"覃洲木"的见不得光的隐秘一样。

阿康患病住院已经有六年了，巧合的是，他也是五年前爆炸案的幸存者。经过反复查证，他与爆炸案的发生居然有着千丝万缕的联系。

他在爆炸当天曾出现在百货大楼附近。

阿康在患精神类疾病前一直是成绩优异的优等生，尤其是物理化学方面非常出色，甚至还通过自主研发的实验，得过不少化学类奖项。

虽是如此，但因为他性子怯懦，经常受到嫉妒他的同学的欺负和辱骂，渐渐地患上了精神病，导致记忆退化、大脑功能出现障碍、智商也变得如同孩童一般。

虽然他身患疾病，但他的优势并没有消失，做出小型炸弹来也不在话下。只是，要哄着他这样容易暴躁的精神患者耐下心来制造炸弹，并不容易。

这又不得不回到两人最初的关系上——阿康口口声声说"覃洲木"是自己的哥哥，他在住院之初就认识了"覃洲木"，他无比依赖自己的哥哥。

而记者们也从主治医师徐倦的手中得到了"覃洲木"这六年来的所有病历单。以"覃洲木"目前的身体状况，根本不适合担任覃氏企业的老总。

随着新闻的播出，事件的影响力逐渐扩大，从"覃洲木"多年身患精神分裂却依旧试图控制整个覃氏企业，再到他恶意指使阿康制造炸弹，害死了覃氏夫妇和无数无辜的人。

这类充满恶意的揣测闹得沸沸扬扬。

颜小弯在覃洲木家中，认真地看完了当日的报纸，她不由得为徐倦的手段感到心惊。

除了少数几个人外，没有人知道真相，没有人知道覃屿树未死。而本来摇摆不定的许桑娅现在已经彻底站在了徐倦那边。

不同于之前不痛不痒的试探，这才是毫无漏洞的局。

这才是徐倦的终极杀招，让覃洲木彻底身败名裂。

他究竟为什么要针对覃洲木？没有人知道。或许真实目的只有他自己才明白。

"你没理由背上这种莫须有的罪名。"颜小弯说,"当务之急是赶紧找到覃屿树澄清,也只有他的出现能证明一切。"

话虽如此,颜小弯却明白,哪有那么容易。徐倦既然做到这一步了,他甚至敢当着覃洲木的面坦坦荡荡地承认自己的所作所为,那他肯定是将覃屿树彻底藏起来了,不会叫人抓住他的把柄。

静默良久,覃洲木才淡淡开口,口中的话语却完全与颜小弯刚才的担忧无关。

"如果新闻中所说属实,那么,屿树病了六年了。"

颜小弯猛地扭头,将视线落到覃洲木身上。

覃洲木唇畔边噙着惯常的笑容,他看起来明明在笑,可她却清清楚楚地感受到了他内心的自责,她不由得也一阵难受。

"我居然在他离开五年后,才知道他究竟得了什么病。"他的笑容蓦地扩大,冷冰冰地自嘲,"我这个哥哥做得真是好得很。"

是了,在外界谴责"覃洲木"隐瞒病情和猜测他极有可能制造了当年的爆炸案时,覃洲木真正关心和担忧的却是自己的弟弟。覃洲木关心的是他究竟何时患的病?关心他为何患病,关心他在患病的这几年是否孤独又痛苦?

虽然,她很明白,覃洲木也很明白。

但病症,并不能当作他引发爆炸案的托词。

"你说,他的病会不会就是我的漠不关心造成的?"他突然问。

"我从小到大对他其实并不是很关心,我吊儿郎当散漫惯了,打架斗殴的事情也干过不少。而他却不同,他性子孤僻内敛,只敢默默地跟在我身后,我甚至还经常嫌他太烦人。"他讥诮地笑了一声,"你说他是不是恨我?"

颜小弯怔了怔。

"说不定我和他一样,只是病而不自知罢了。"他语气很平淡,像是在很寻常地讨论今天天气如何一样。

"覃洲木……"

颜小弯一头乱麻,不知道他这句话到底是何用意,一时之间也找不到措辞安慰他。

恰好这时,外头传来低低的交谈声。随即,门被打开,冯助理一脸凝重地望着已经恢复平静的覃洲木。

"覃总,池警官来了。"

当年的爆炸案伤亡惨重,现场残留下来的讯息非常少,警方将嫌犯作案的原因归结于报复社会,但因为线索太少,始终未找到真相。可随着这桩事的发酵升温,又一次引起了鹤安市警方的关注。

由于覃洲木是银星市人,出于对他是精神病患的考虑,鹤安市警方还特意邀请了银星市出色的警官协同参与调查五年前发生的爆炸案。

从银星市过来的警官姓池,据说破过不少凶险复杂的大案。

但,这种古怪的旧案,他也是第一次碰。

虽然池警官没有穿警服,但冯助理在看到他的第一眼起便相信了,他的确是与传言中一样出色的刑警。

池警官比想象的要年轻。

他身上没有一点儿经验丰富的老刑警身上的世故和圆滑。他眉目俊朗，举手投足间，有着常年浸泡于案件中的敏锐和从容，以及遥不可及的疏离感。

他看到覃洲木的第一眼起，并不是警惕地打量，而是像老友一般打招呼：

"覃先生，好久不见。"

覃洲木在银星市人脉广，每天接触的人和事很多。几年前，出于各种原因，他和池警官打过好几次照面，虽算不得是很熟悉的老友，却也不是陌生人。

覃洲木起身，示意池警官随便坐："池警官，好久不见。"

池警官神色不动，语气生疏客套得很："想必覃先生知道我此行的目的。"

覃洲木轻轻笑了笑，不以为然："池警官是要逮捕我吗？"

池警官微微一笑。

"虽然我不是医生，不懂怎样分辨精神分裂的病人，但我至少懂得如何分辨罪犯。在只有数不清的巧合，却没有准确证据的情况下，我并不会听信传言便认定覃先生是爆炸案的真凶。"

"池警官的意思是认为爆炸案的真凶另有其人？"覃洲木眼睛眯起，说话直白得很。

池警官不置可否，停顿了两秒，才继续说：“从来不会有天衣无缝的案子，不管罪犯再谨慎也会有百密一疏的地方。有的罪犯隐藏得很深，善于抓住别人的弱点进行攻克，这类罪犯看似狡猾，却并非不可击溃的。”他直直盯住覃洲木，眸中带着说不清的深意，"据我所知，覃先生的弱点有且只有一个，并且，那人早在五年前就死了。”

他在指覃屿树。

覃洲木嘴角噙着的笑越来越浓：“池警官真是了解我。”

"因为，除了覃先生的确就是主使人之外，还有一种可能……"池警官抬眼看了看墙上的挂钟，时间不早了。

"覃先生在意的人没有死。"他说。

覃洲木抬眼看他："池警官何出此言？”

"排除所有不可能的事情，剩下的即使再不可能，也是真相。"池警官站起身，朝门口的方向走，"这句话是福尔摩斯的经典名句。"

在银星市风头极盛的覃洲木有一个双胞胎弟弟，是众所周知的事情，并且，他的弟弟已经离世。

倘若他的弟弟仍旧活着，那么一切就会茅塞顿开。

世上没有那么巧合的事情，就算有，也会留下不少蛛丝马迹。

覃洲木笑了，有一种棋逢对手的危机感和刺激感。

"池警官不愧是省刑侦总队破案能手，但有一点你说错了。"

"哦？"池警官抬眉质询。

"我的弱点并不止一个。"覃洲木说。

他的视线轻轻落在书房的门上,仿佛能透过这扇薄薄的门看到里头那个为了不打扰他们,安静看书的身影。

池警官很快明白了他的意思,不知想到了谁,眉眼霎时间也放柔和了一些。

池警官立在玄关处,将他彻夜调查后找出的一个地址放在桌面上。

"想必覃先生也很明白,要想绝处逢生突出重围,只能争分夺秒地把自己的弱点找出来。"

他朝覃洲木微微颔首,脸上浮起一丝很淡的笑意。

"找人的动静小一点儿,目前警方没有任何实质性的证据,无法实施抓捕。这次局里能让我独自过来问话已经是极限,那帮鹤安市的警察还有很多问题想要问你,我可拦不了多久。"

在池警官即将出门之际,覃洲木叫住他。

"川白,"覃洲木微微一笑,"多谢。"

颜小弯在池警官离开后,踩着拖鞋,走出房门。

"他走了?"她问。

"嗯。"

覃洲木将池警官留下的地址仔细看了两遍,确认自己不会记错后,才望向颜小弯。

通过刚才和那位警官的谈话,覃洲木心情好像好了些。

颜小弯仔细打量他,嗯,她十分肯定这一点。

"今晚我会去找屿树。"覃洲木说。

颜小弯惊讶:"你知道他在哪儿?"

覃洲木轻笑,示意颜小弯离自己近一点儿:"这就是有警察朋友的好处。"

"朋友?"

"朋友。"

"那……需要我和你一起去吗?"

"不用,我一个人去。"他一顿,顺势将穿着毛茸茸毛衣的她抱个满怀,闻着她发间淡淡的香味,他嘴角轻轻勾起,"你乖乖在家里等我。"

"还是别麻烦冯助理送我了,我可以自己走路回去的。"颜小弯正色道。

覃洲木皱眉:"什么?"

颜小弯抬起脑袋,也觉得这话怪怪的:"你不是说让我回去等你吗?"

覃洲木好气又好笑,惩罚似的在她脸颊上啄了一下。

"傻姑娘,我说让你乖乖待在这里,哪儿也别去。"他一顿,语气温柔,"乖乖待在我们家等我。"

Chapter 36

作为拉开戏剧帷幕的人，
他怎么能错过这场好戏？

这次，覃洲木与警察会面时的心境和上次被诬陷成性骚扰的变态时完全不同，这次的情况比上次要凶险无数倍。

虽然不知出于什么原因，池警官并没有直接将覃洲木带走调查，但冯助理和其余心腹却依然无比焦虑，他们无条件信任覃洲木，也想方设法想和他一起摆脱困境。

目前来看，最直接的办法是，覃洲木以清醒良好的状态召开发布会，然后去医院进行常规检查，证实他并没有患精神分裂症，而所谓的制造爆炸案更是子虚乌有的事情，保不准是那个傻子阿康受人指使胡言乱语陷害覃洲木呢？

新闻发布会召开在即。
无数人猜测着覃洲木是否会和上次一样选择不出席。

唯有颜小弯和冯助理等人知道，他会现身。

可是，他自昨晚出门后，便失去了联系。

冯助理又急又气，打了覃洲木无数个电话都不打通。

她不由得生出一些可怕的联想，在发布会后台踱来踱去自言自语："覃总不会被警方带走去调查了吧？还是他又和上次一样不肯出席发布会？可这次的事件要严重得多呀！覃总不会这么没有分寸吧？"

她脑海里不由得回想起覃洲木的性子和往日的所作所为……嗯，好像覃总的确是挺肆意妄为的……

她越想脸越白："他到底去哪儿了？哎哟，真是急死人了！"

颜小弯也有些没底，即使她明知道覃洲木是去找覃屿树了，不是冯助理猜测的那样，可谁能保证完全没有危险呢？

现在的覃屿树可能根本不是覃洲木所熟悉的样子，他可是一个患有精神分裂症的病人啊！

不过好在，颜小弯犹在胡思乱想之际，听到了冯助理兴奋的惊呼声——

"覃总，您可回来了！"

颜小弯循声看过去。

覃洲木从楼梯口走上来，一身笔挺的黑色西装，衬得人俊朗不凡。只是脸色稍显苍白，估计是昨晚与覃屿树的会面并不太顺畅。

看着这样子正式打扮的他，颜小弯不禁有些恍神。

趁冯助理去忙别的事时，颜小弯蹭过去问："见到覃屿树了吗？"

覃洲木神情有一秒的微怔，但很快又恢复平静。

"嗯，见到了，他情况不是很好。"他声音比往常要低哑了几分。

颜小弯张了张口，无法想象时隔五年之久，他们兄弟相见时是何种模样。她安慰道："没关系，我们可以带他去别的医院看病。"话说到这里，她又顿住，覃屿树身负无数条人命，要是被曝光出来……

现在的覃洲木，仅仅还是有嫌疑，就引起了公众这么大的反响。要是爆炸案真凶这一身粉真的落实在了覃屿树的身上，就不仅仅是掀起惊涛骇浪，他估计……会受到无数人的谴责。

颜小弯倒不是怜悯他，他是恶有恶报罪有应得。她只是，有些心疼覃洲木，虽然他从不表露。

颜小弯知道，每一次得到弟弟的讯息时，覃洲木的内心其实是高兴的。而现在，他好不容易与弟弟重逢，却又不得不接受这样残酷的现实。

颜小弯无意识地抓紧覃洲木的手臂，迫切地想说些话安慰他，话语却堵在嗓子眼里。

覃洲木眉头一蹙，倒抽了一口凉气，这反应吓了颜小弯一跳。

"你怎么了？哪里不舒服吗？"她问。

覃洲木冲她安抚地笑笑："没事。"

"我看看。"

她不由分说地掀开覃洲木的衣袖，看到手腕以及手臂上有不少青紫的伤痕。她很快明白了。

"你们打架了？"她问。

覃洲木神情冷下来："不听哥哥的话，理应受到教训！"

颜小弯听着这莫名其妙的话，心里"咯噔"一下，冒出些不太好的念头来。

"覃总，该进去了。"

冯助理远远地冲这边喊，已经到发布会召开的时间了，在这种紧要关头，不容许出丝毫差错。

覃洲木表情缓和了些许，他轻轻拥了拥颜小弯，却被她小幅度地躲了躲。

覃洲木失笑，扫一眼周围忙忙碌碌的人群："害羞？"

颜小弯嘴硬："说什么呢？"

覃洲木揉揉她的头发，在她耳畔边落下一句："在这里乖乖地等我。"然后便随着冯助理走了出去。

原本嘈杂的会场因覃洲木的出现，沉寂了几秒，随即更加喧闹起来。记者们迫不及待地想追问覃洲木问题，冯助理维持了好久的秩序，大家才再度安静下来，一个一个提问。

"覃先生，请问您对宋舒玉小姐说您患有精神分裂症的举证有何看法？她说的是否是事实？"

"覃先生，宋舒玉小姐真的是您心爱之人吗？"

"覃先生，五年前的爆炸案您是否知晓内情？"

"覃先生……"

覃洲木冷冷淡淡地扫了冯助理一眼，她立刻明白过来，示意大家不要再说话了，覃总要发言了。

在发布会开始之前，冯助理将发布会上可能会出现的问题一一列举出来，一一跟覃洲木商量过了，如果覃洲木按之前商量好的来，自然不会出现任何意外。

但她没想到……

"我的确曾患有精神分裂症。"覃洲木嘴角噙着笑，语速极慢。

媒体记者们一片哗然，没想到他会直截了当地承认，而冯助理也彻底傻眼了，她根本不明白为何原本好端端的覃总会变成这副样子。

独自在后台看发布会现场直播的颜小弯心头巨震，再也顾不上什么，径直朝场内跑去。

覃洲木还在继续说："……不过现在已经痊愈了。"

一个获得提问资格的记者开始结巴，事情的发展显然也出乎他们的意料。

因为所有人都顺理成章地认为，此次的发布会只不过是对传言的一次澄清罢了。

"那……覃先生您……既然您身体曾患有这么大的病症，为何还要一手掌握着覃氏企业？这让您的养父母老覃总夫妇如何安心？"

覃洲木隐隐有些不耐烦了："我不是说过了吗，我现在已经痊愈。"

"可是……"

"不信的话，你们可以问我的主治医师徐倦。"覃洲木冷笑。

他话音刚落，坐在台下的徐倦自会场内座站起身，徐倦在发布会开始之前就到达了这里。

作为拉开戏剧帷幕的人，徐倦又怎么能错过这场好戏？他接过记者递过来的话筒，温润如玉的嗓音自会场扩音喇叭里倾泻而出。

"台上的覃先生的确是徐某的病患，他的确身患精神分裂症长达六年，不过……"

"徐老师你说得对，台上的这位覃先生的确患有精神分裂！"

颜小弯不知何时已经冲到了台下，她不顾保镖的阻拦，打断徐倦的话，伸手指着台上那人，坚定的眼里锋芒毕露。

"但他根本不是覃洲木！"颜小弯说。

Chapter 37

此刻的你,
真真切切,近在咫尺。

一片诡异的沉默。

记者们面面相觑,甚至还有几个"扑哧"笑出声来。他们根本不懂颜小弯这话究竟是什么意思。

覃洲木不是覃洲木?那他又是谁?那他还能是谁?

连冯助理都有些看不下去了,她默默拉一拉颜小弯的衣袖,一脸哀戚:"颜小姐你别说了……覃总不是覃总,那他会是谁?我知道你不愿相信覃总真的患有精神分裂,但现在覃总都亲口承认了……人总要接受现实啊,别说了,颜小姐……"

"他真的不是覃洲木。"颜小弯冷静地说道。

徐倦轻笑:"颜小弯,老师教过你的知识点,你都忘了吗?"

台上的"覃洲木"也长眉一蹙:"小弯,你在胡说什么?出去!"

颜小弯抿唇,知道自己争不过徐倦和台上的假"覃洲木",索性闭口。

她相信，覃洲木一定会出现。

气氛诡异又尴尬，冯助理一直拉扯着颜小弯希望她不要冲动，台上的"覃洲木"僵着脸不再说话。而徐倦依然一脸和煦的笑容，记者们闹哄哄地一直抢着要提问，无数人等着看她的笑话。

乱，无比混乱。

颜小弯咬牙犹自保持着镇定，她的目光在会场内四处搜寻着。此刻，她无比希望覃洲木马上出现在自己身边。

突然，大门自外向内被推开，有人进来了。

颜小弯的眼睛蓦然一亮，嘴角止不住地向上扬，定定地望住无数摄像头和无数记者后面那人，声音甚至因激动而微微颤抖——

"不信，你们自己看！"

记者们窃窃私语，并不太搭理胡言乱语的颜小弯，只有少数几个好奇地向身后张望。

张望的那人视线凝固，忍不住一声惊呼。

"覃先生？！"

一声接着一声的惊呼响起，在场几乎所有人都傻眼了。

一个满身风霜的男人出现在他们身后，他的脸上有乌青的印迹，看起来像是经历了一场激烈的打斗。

他的视线扫过颜小弯的脸，嘴角缓缓地勾起一个熟悉的肆意张扬的笑。

他口型动了动。

颜小弯视力极好,她几乎立马就知道他对她说了什么。

他在说:我的傻姑娘。

颜小弯的脸腾地一热,心底的喜悦几乎要抑制不住。

随即那男人的视线转向台上那个与他外貌别无二致的人。

"屿树,别闹了。"覃洲木沉声说道。

昨天夜里,覃洲木的确见到了覃屿树。

门半掩着,覃洲木轻而易举就进去了。

本该是久别重逢的喜悦,但在看到覃屿树的那一刻,覃洲木全身犹如被一盆凉水浇透。

覃屿树独自一人缩在房间的床上喃喃自语,听到动静,他缓缓地抬头。

他的状况糟糕得简直超乎了覃洲木的想象。

覃屿树在见到自己的哥哥时,没有欣喜也没有害怕,而是表现出诡异的激动与癫狂。

覃洲木原本有很多的话想要问他,譬如他到底为什么会犯下爆炸案?譬如他到底是什么时候出现精神问题的,为什么从不告诉自己?又譬如他为何要选择假死,而不是回到自己身边?

他难道就这么怕自己,对他们之间的兄弟之情如此不自信吗?

但他对所有的疑问,都没能问出口。

因为他忘了一点——覃屿树已病入膏肓。

覃洲木望着表情变幻莫测的覃屿树。

"覃屿树，你冷静一点儿，你看清楚我是谁。"

覃屿树眨眨眼睛，试图看清眼前模糊成两三个的影像。

"哥哥当然知道你是谁……"覃屿树低声说。

"你说什么？"

覃屿树喃喃着："屿树，哥哥好想你。"

覃洲木心惊。

覃屿树俨然把自己当成了覃洲木，把他当成了覃屿树！

覃洲木眉头越蹙越紧，又痛心又气恼："不是的，屿树，哥哥在这里。"

覃屿树压根儿没有注意覃洲木在说些什么，他自顾自地陷入自己的思绪里："屿树你放心，那场爆炸……哥哥知道你不是故意的，哥哥不会怪你的，哥哥会原谅你的，屿树你别怕。"

覃洲木一怔，久违的复杂情绪在心底翻涌。

"屿树……是哥哥不对。"低声说出的几个字含着无数歉疚。

可话音刚落，覃屿树突然变得面目狰狞，他不知从哪里摸出一条绳子，猛地朝覃洲木扑过来，疯了一般不管不顾地和覃洲木扭打成一团，试图将覃洲木捆住。

打架对于覃洲木来说本就是常事，他非常敏捷地躲闪着。可覃屿树的动作却是毫无章法的，覃洲木几番躲避后，只好动手反抗。

覃屿树本就身体单薄,并不是覃洲木的对手。

覃洲木顾忌弟弟的身体,反倒束手束脚。

好不容易将奋力挣扎的覃屿树按倒在地,手中的绳子也被覃洲木夺过来。覃洲木反手将覃屿树的手捆住,还没来得及松一口气,身后极近的地方却突然传来动静。

他的心陡然一沉,却已经来不及反应。

"砰!"

他感觉后脑勺儿一阵剧痛,克制不住身体的本能反应跪倒在地。

意识模糊间,覃洲木看见徐倦面无表情地从自己身旁跨过,扶起摔倒在地上的覃屿树。徐倦温声细语地与覃屿树了几句话后,朝他走来,手中不知何时出现了一支针筒。

针刺入覃洲木皮肤的那一瞬,他意识昏迷,陷入一片黑暗之中……

看到真正的覃洲木出现的那一瞬,记者们简直要疯了,今天发布会上接二连三地发生事端,高潮迭起,热血沸腾,简直让人目不暇接。

覃洲木跨步来到颜小弯身旁,还未说话,便猛地低头吻住她的唇。

熟悉的,属于覃洲木的气息蔓延开。

此刻的你,真真切切,近在咫尺。

颜小弯的心急剧地跳动起来,一个声音在她心底喊——

我就知道,我知道他不是你。

我就知道,你会回来。

颜小弯自假覃洲木出现起,便开始怀疑了。

虽然两人的外貌并没有区别,连一向跟在覃洲木身边的冯助理都不能分辨出。但,他们终究是不同的。

具体哪里不同,颜小弯说不上来。

她只知道,她的身体、她的心、她的直觉都告诉她,眼前这个男人是陌生的。她甚至不愿和他有过多的接触。

"知道我是谁吗?"覃洲木在她耳畔低声问。

颜小弯点点头。

"想我了吗?"他又问。

颜小弯点点头。

覃洲木失笑,轻柔的呼吸扫过她的脖颈,有些痒。

"害怕吗?"

颜小弯点点头,又摇摇头。

覃洲木沉沉地注视着她,那深邃的眼神仿佛要将她吞吃入腹。隔了好几秒,他长长吐出一口气,轻轻捏了捏颜小弯的掌心。

"傻姑娘。"他低声喊。

短暂的亲昵结束,覃洲木松开颜小弯重新将目光投向会场,声调不高,也没有拿话筒,却足以让场内的所有人听得清清楚楚。

"徐老师自导自演,可还开心?

"将莫须有的事情强行安在我头上,可还开心?

"利用和伤害我的弟弟,可还开心?"

连续三个发问，让场内的记者们瞬间明白了台上那人的身份。

台上的人是覃屿树？他没死？怎么可能？

但紧接着他们又想通了，在今天的这场发布会上，没有什么是不可能。

此时说话那人，说话的语速和神态俨然就是真正的覃洲木，不容置疑。

而那头原本沉稳的覃屿树又一次出现了思维混乱。

"屿树？屿树你怎么又来了？哥哥不是让你、让你……"话音戛然而止，因为断药很久了，他好像再也绷不住，又一次陷入狂躁之中。

覃洲木担忧地看过去，冯助理立刻明白了他的意思，赶紧安排会场内的临时医生照看覃屿树。

与此同时，无数便衣警察悄无声息地包围了这里，安抚在场记者媒体的同时，目标无比明显，赫然就是人群中的徐倦。

徐倦的脸阴沉得厉害，自覃洲木出现起，自两个一模一样的人同时出现在现场起，他就明白了，已经无力回天了。

只是，他不明白，纵使覃洲木能凭借这次露面彻底洗清嫌疑，那也不至于让警方盯上自己才是。

还有，覃洲木究竟是如何从自己亲手注射的死亡药剂中活过来的。

直到，他看到许桑娅。

他明白了。

他自嘲地笑了笑。

"徐倦。"许桑娅远远地喊他的名字。

她是和覃洲木同时出现的,为徐倦而来,也为覃屿树而来。

徐倦看也不看她,却突然温声叮嘱一旁的颜小弯,像交代后事一般:"你还记得阿康吗?对他好一点儿。他是真心实意地把覃屿树当作自己的哥哥。徐老师家里还有几本重要的资料书,你要是不嫌弃的话,可以去拿,就算徐老师送你的。"

颜小弯心情复杂,却还是点头应允:"好,我会时常去照看他的。"

许桑娅声调骤然拔高:"徐倦你故意不和我说话是不是?!你怪我偷换了你每日贴身收藏的药剂是不是?"她苦笑,"你真以为我在鹤安医学院这几年是白读的吗?你真以为我看不出你私制的剧毒药水吗?"

一旁的颜小弯安静下来。

"我知道,你是为了利用我,让我不要将这几年覃屿树的病历单透露给小弯他们才同意和我在一起。"许桑娅一脸苦楚。

徐倦倏地抬眼看她。

许桑娅笑起来:"没关系的,徐倦,我根本不在乎这些,我反而很高兴,你愿意和我在一起。我真的很高兴。"

她说:"在一起的这些天……我已经很满足了。但我不能违背自己的良心,我怕无颜面对九泉之下的院长爷爷,无颜面对那些无辜惨死的人。我们都是有罪的人,所以我不能放过覃屿树,也不能放过自己……对不起徐倦,现在说这种话你可能不信,但我还是想要说给你听，我爱你，我爱你徐倦。"

徐倦面无表情没有说话，任由她拉着自己的衣袖。

身旁的警察开始催促闲杂人等离开会场，默默看完这场变故的冯助理等人也出去了，许桑娅却怎么也不肯松手。

"徐倦，我再问你最后一次。"她捂住狂乱跳动的心脏，语速极慢，像是试图抓住绝望中的最后一根稻草，只觉得自己再不问可能此生就再也没有机会了。

"你有没有爱过我？哪怕一分，一秒？"

静默良久，徐倦在她期待的眼神中缓缓启唇："松手。"

许桑娅一愣，手指一点点松开，她笑了起来，几乎要笑到停不下来。

"好，我松手。"她说。

她眼眶通红地迈步走了出去，速度极快，头也不回。

颜小弯想去追她，却被覃洲木拦住。

"让她一个人安静一会儿吧。"他说。

徐倦眉眼沉沉地注视着许桑娅离开的方向，任由警察给自己铐上手铐，口中的话却是对覃洲木说的："我没有输给你。"

覃洲木点头："我知道。"

徐倦无奈笑了笑，也罢。

以这种方式收手，他早就预料到了。

所以他一直不想跟许桑娅走得太近，怕她深陷，怕自己深陷。可不管再怎样拒绝，好像都无法拒绝自己的内心。

而那支给覃洲木注射的药剂，其实他本是给自己准备的。

欲念就像毒品，将他一寸一寸地拖入深渊。

他想阻止，他想停下来，却始终抵抗不了来自罪恶深渊的呼唤。

他索性想，大不了一死，一了百了，可在即将注入药剂的那一刻，他犹豫了，他忍不住贪恋这个世间的美好，贪念……那个美好的她。

那支贴身的药剂让他无比清醒地认识到自己有多懦弱，也时刻提醒他，既然不想死，那就继续坠落吧。

可最终，还是走到了这一步。

也罢，就这样吧。

覃洲木，我不是输给了你。

徐倦云淡风轻地收回目光，在警察的押解下走向警车。

我是输给了……

无法说出口的爱。

会场内的工作人员有条不紊地收拾着，一切都结束了。

会场门口，警察来来往往。

池警官双手抱胸，隔空遥遥地与覃洲木对视一眼。他蓦地一笑，冲身旁的小警察道："收工吧。"

"是，池警官。"

覃洲木拥着感慨万千的颜小弯往会场外走。

颜小弯忍不住问:"覃屿树呢?他会怎样?"

覃洲木沉默了片刻。屿树的状态时好时坏,因为这几年的拖延病情越发严重,当务之急是将他送去一个好点儿的精神病院去医治。

至于之前屿树跟徐倦所犯下的罪孽,自然会由法律来定夺。

他无权干涉,只能在力所能及的范围内,尽量照顾好屿树。这五年间发生的种种,或许他永远不得而知,或许永远会被时间所掩埋。

但那又怎样?

我最终还是找到了你,那就够了。

更何况,我还遇到了她。

"我会帮他联系医院。"覃洲木说。

"他现在好像依然认为自己是你……徐老师真是害人不浅。"颜小弯叹气。

"你也认为他是我吗?"

"怎么可能,我有那么傻吗!"颜小弯有些不高兴了。

"当然。"覃洲木轻笑,"我独一无二的傻姑娘。"

——完——

> **番外一**
>
> 覃洲木低笑：
> "她有趣的一面只有我能看到。"

颜小弯陪覃洲木去看过覃屿树一次。

覃屿树此刻正在一家非常知名的精神病院里住院进行封闭治疗。

经过各项治疗，现在他的状态还不错，虽然身体上大大小小的毛病依旧没有根除，但神志清醒了不少，也能认出眼前的覃洲木了。当然，这种清醒的状态也预示着，他即将接受法律的审判。

那场爆炸案将太多太多无辜的人牵扯进来了……

覃屿树在和哥哥彻夜聊过几次后，了解到其中种种他被蒙在鼓里的事情，他渐渐释然，决定坦诚自己所犯下的一切。

他没有理由再继续懦弱下去，让包括许桑娅在内的许多人终日不得安生。

"哥。"

趁着颜小弯出去，覃屿树坐在病床上，身后抵着一个枕头冲覃洲木努努嘴。他脸色虽然苍白却笑颜如初，"你是什么时候和颜小姐在一起的？"

覃洲木勾起嘴角："几个月前。"

"你们进展这么快？"覃屿树有些惊讶。

"快吗？"覃洲木说，"我只嫌太慢太晚。"

覃屿树一怔，笑道："也对，只要遇到了对的人，永远不会嫌太快。"他笑着笑着，忍不住咳嗽了几声，接过覃洲木递过来的温水。

"那颜小姐，不对，现在该叫嫂子了，嫂子是一个什么样的人，我之前只听徐医生说过。"他一顿，犹豫了一瞬，"在我自以为自己是你的时候，徐倦告诉我，嫂子是我的女朋友，还给我看过她的照片。嗯，她和哥真的很般配。"

"她呀。"覃洲木回想起和颜小弯初遇时的场景，嘴角越发上扬，"她是一个挺无趣的人。"

"什么？无趣？"

覃洲木蓦地低笑："当然，她有趣的一面只有我能看到。"

果然还是这么自信又张扬啊……和印象中的哥哥一模一样。

要是没有这空白的五年的话……覃屿树笑容淡了淡。

"哥，能找到合自己心意的人，我真替你高兴。"他语气有些羡慕，但更多的是发自内心的欣喜。

覃洲木眸光微动，不动声色地垂眼替覃屿树掖了掖被角："你也会的。"

覃屿树似喜似悲，口中轻喃："对，我也会的。"

有护士端着药进门，到吃药的时间了。

覃屿树手指攥紧被子，脸上却露出温和的笑："哥，五年前，是我对不起……唉，算了，不说了。"

覃屿树咧嘴笑了笑："祝你幸福，祝你们幸福。"

覃洲木一皱眉："现在说这些干什么？我们的婚礼还等着你来参加，你不是想爽约不参加吧？"

"不不不，哥，我当然要参加。"覃屿树冲覃洲木挥挥手，"好了，哥你先回去吧，我该吃药了，等会儿还有警察要过来问话，你可别在这里碍手碍脚了。哦，对了，如果有时间的话，替我去看看阿康，他一直拿我当哥哥看待，他虽然脾气暴躁了些，却很好哄的。如果你去看他，他一定会很高兴。"

阿康是在精神状态不稳定的情况下，制作了那起爆炸案的炸弹，他本就是被利用，所以对他的问责减轻了很多，让他能继续留在那里接受治疗。

覃洲木点头应允："我会的，下次有机会也带你去看看他。"

"好。"

覃洲木推开病房门出来，微微合了合眼。

其实他们都心知肚明却不戳破，警方那边正紧锣密鼓地查案，覃屿树在接受警方调查期间，必须要待在医院隔离治疗，再次相见不知会是何时。

病房里的覃屿树也一时陷入了呆怔，每一次和哥哥的见面，好像都是一场倒计时，余生在一点点减少。

他有些舍不得，却又十分无奈。

所以哥，好好替我幸福生活下去吧。

"你们聊完了？"看到覃洲木出来，颜小弯自病房外的座椅上起身。

覃洲木循声看向她："怎么坐这里？"

颜小弯眼神躲了躲，镇定地说："嗯，不知道该和他聊什么。"

覃屿树和覃洲木长得几乎没有差别，她虽然能分辨谁是谁，但总觉得怪怪的。尤其是上次开发布会的时候，她还和当时假扮覃洲木的覃屿树有过矛盾，真是太尴尬了。

覃洲木好笑："不知道聊什么？如果你愿意聊一聊我们的恋爱日常，他一定很愿意听。"

"覃洲木！"颜小弯不满，"你怎么这么厚脸皮？"

"你什么时候才能不这么连名带姓地叫我？"覃洲木挑眉戏谑道。

"那叫你什么？洲木吗？还是小洲，小木？又或者跟冯助理一样，叫你覃总？"说到这里，她自己也忍不住笑了一声。

覃洲木看着她的笑颜，眼神不自觉地放柔，将她头顶的针织帽扶正后，一手揽住她的肩膀往外面走。

"你就不能像屿树一样改口吗？"

"你是说……哥？"

覃洲木"扑哧"笑出来："我是说，屿树已经改口叫你嫂子了，你是不是也要改口了？不过，"他顿了两秒，"你要是非要叫我哥的话，我也不是不能接受……"

他尾音拉得有些长，带着些暧昧的蛊惑，颜小弯没来由地又开始心跳加速。

"想得美，我才不会叫你哥！"

"哎！"覃洲木应声。

"喂！"

"没几天就要过年了。"覃洲木慢悠悠地说，"最近有安排吗？"

颜小弯点头："对，快过年了，我该去找份寒假工，不能浪费时间了。"

覃洲木似笑非笑地瞥她一眼："你说和我在一起是浪费时间？"

"有点儿。"

"嗯？"他语气有点儿危险的意味了。

"和你一起又不能赚钱！"

"钱重要还是我重要？"

颜小弯想也不想无比笃定："钱！"

看覃洲木表情越发不好，颜小弯在心底敲响了警钟："还有你！"

覃洲木低笑，似惩罚似宠溺地捏了捏她的脸颊。

> 番外二
>
> 老天爷呀，能不能让我和这个人在一起，一辈子的那种。

许桑娅的十八岁生日是在徐倦家里度过的。

此时，离当年的爆炸案已经过去快三年了。

许桑娅对徐倦家并不陌生。

自徐倦将她从百货大楼救出起，她就对他有了一种特殊的依赖。况且自爆炸案发生后，她几近绝望崩溃，那些种种不必言说。

总之，直到事情渐渐平息，她才慢慢缓过来。其中，也不乏深谙她内心痛苦的徐倦的悉心安慰和照顾。

还有一点就是，她在徐倦的帮助下，继续留在了之前即将被退学的那所中学念书。

而且，她讨厌的那个老师被调走了，现在是一位性格温和的女老师担任她所在班级的班主任。

她资质并不算太差，经过努力，也受到了老师的重视和喜爱。

"徐倦，从今天起我就是成年人了，你可别再拿我当小孩子看了！"许桑娅轻车熟路地进门，还未放下书包就故作凶巴巴地冲在厨房里忙碌的徐倦喊。

以往她觉得所谓的过生日对她而言并没有任何意义，因为像她这样的孤儿，其实普遍都不知道自己具体是何时出生。所以她的生日即是她被福利院收养的那天，她并不觉得有什么好庆祝的。

但现在却不同，她期盼这天已经很久了，因为徐倦答应亲手给她准备晚餐，以庆祝她的生日。

只有他们两个度过的，独一无二的生日。

她喊出口的这句话听起来有些幼稚，与其说是郑重宣布，倒不如说更像是撒娇。

徐倦却一本正经地点头应允："好。"

这惹得许桑娅笑弯了眼，笑了好一会儿，她又跑去厨房看徐倦，看着他为了她的生日辛苦准备食材，就不由得一阵心满意足。

徐倦眉头微一蹙："守在这里做什么？作业做完了吗？"

许桑娅"喊"一声："天天就知道作业作业作业，跟个老妈子似的。放心吧，我每天都有按时交作业的。"

徐倦无奈地摇了摇头："你呀，都要高考了，还一点儿都不知道着急。"

"我喜怒不形于色不行呀？我内心急死了，只是你看不出来而已。"许桑娅吐吐舌头，眼珠子到处乱转，不知想到什么，她又赶紧问，"对了，你是在哪所大学当老师来着？"

徐倦一眼看穿她："你想报考我那所学校？"

"你先说说看嘛，说不定适合我呢？"

"鹤安医学院。"徐倦说。

停了停，他又说："医生不是那么好当的，要接触各种类型的病患，其中不乏命悬一线的伤者。"

许桑娅一愣，迅速明白了他的意思。

三年前爆炸中那些血肉模糊的场景又涌上心头，她不由得一阵反胃，兴奋的情绪也冷下来不少。

"哦，那我考虑考虑。"

微波炉"叮"的一声，徐倦小心翼翼地将里面的菜端出来，口里叮嘱着："你呀，安心报考自己喜欢的专业和学校就好，学费也不用担心，我会……"

许桑娅一下子打断他："学费我以后会赚钱还你的！"

她希望自己与徐倦之间是平等的，而不是有债务之间的纠葛，虽然徐倦从没有说过让她还钱。

徐倦一顿，移开话题："听说银星市有一所不错的大学，那里的金融专业很不错，你如果感兴趣的话，可以报考那所学校。"

听他的意思，显然是想要自己去外地上学。许桑娅有些不服气，想天天见到徐倦的心一下子冲破了胆怯:"金融有什么好学的?当医生多伟大啊!我考虑好了,我要报考鹤安医学院,以后当一名救死扶伤的医生!"

徐倦侧头看向她,从她眼里看到了满满的倔强和坚定。

他不由得轻叹一声,知道无法改变她的主意:"如果你要报考鹤安医大,那以后就该少来我家里。"

"啊,为什么?"

"如果让人看到老师和学生天天在一块儿,人言可畏,他们会怎么看你?"

"我才不怕他们怎么看我,他们爱怎么想怎么想,我……"她一滞,看着徐倦安静切菜的侧脸,突然反应过来,徐倦也会因此受到言语攻击,自己虽然无所谓,但徐倦说不定会因此失业。

她咬唇,老半天才说:"那我以后少来就是了。"

这顿饭吃得很愉快。

许桑娅一直说个不停,而徐倦则是微笑着倾听,时不时也会说上一两句话。

饭毕,徐倦从卧室里提出一个小小的蛋糕,在她又惊又喜的眼神中,将蜡烛点上。

"啪"的一声,灯关了。

房间霎时间陷入一片黑暗,只有眼前小小的蛋糕上闪烁着微弱的烛光。

许桑娅笑嘻嘻的,看着徐倦自黑暗中走近,此时此刻的他也像一道微光，将她一点点地照亮，她忍不住想要靠近他，想要追逐他。

"那我该许什么愿望？"许桑娅问。

"你该许什么愿望？"徐倦疑惑，不知道这个问题从何而来。

许桑娅皱了皱眉，她本就不信什么生日许愿。之前福利院的一个小妹妹嚷着要吃蛋糕要许愿的时候，她还偷偷嘲笑过那个小妹妹，认为这种想法简直太幼稚了。

更何况，她并没有想要实现的愿望。

"也不怕你笑话，我以前从没这么隆重地过过生日。"许桑娅无所谓地笑。

她称这个小小的蛋糕为隆重。

徐倦笑容一敛，眼底闪过些许微不可查的宠溺和心疼。

安静了片刻，徐倦才开口："比如许愿考上一所好大学，"注意到许桑娅不满的神色，他又淡笑着补充，"顺利考上鹤安医学院。比如身体健康、万事如意，比如以后找到一个好工作，找到一个优秀的人，和……他一起组建幸福美满的家庭。"

"徐倦。"

许桑娅突然喊住他，眼睛从生日蛋糕上移开，隔着微微颤抖的烛光，望进对面他的眼里。而他也定定地望着她，在黑暗的掩护下，带着些某种无法言说的情绪。

向来大胆热烈的许桑娅，此刻脸上浮现出一点儿小女儿家才有的羞怯。

"嗯，怎么了？"徐倦轻轻抬眉，面含质询。

"啊……没什么，我要开始许愿了！"

许桑娅快速闭上眼睛，双手合十，虔诚得不得了。

老天爷呀，如果你真的能听见，真的能实现愿望的话，能不能……让我和我身边这个人在一起？对，就是这个看起来有些古板正经的人。而且我指的在一起是一辈子的那种。

因为，我突然发现，我很喜欢很喜欢他，真的很喜欢。

哪怕他不喜欢我……不对，他也要喜欢我，就像我喜欢他一样喜欢我。不对，他要比我喜欢他，还要喜欢我才行。

嗯，拜托了。

她睁开眼，一口气吹灭了所有蜡烛。

"生日快乐，桑娅。"

"谢谢，谢谢……哎，徐倦你先别开灯！"

"嗯？"

"就是……这个蛋糕好甜好好吃，你快尝尝看，尝完再去开灯！"

"嗯，的确很甜。"

"那什么，徐倦……"

图书在版编目（CIP）数据

但使洲颜改 / 鹿拾尔著. －－ 石家庄：花山文艺出版社，2017.1
ISBN 978-7-5511-3216-9
Ⅰ. ①但… Ⅱ. ①鹿… Ⅲ. ①长篇小说－中国－当代Ⅳ. ①I247.5
中国版本图书馆CIP数据核字(2017)第005907号

书　　名：	但使洲颜改
著　　者：	鹿拾尔
策划统筹：	张采鑫
特约编辑：	雁　痕
责任编辑：	于怀新
责任校对：	齐　欣
封面设计：	刘　艳
内文设计：	米　籽
美术编辑：	许宝坤
出版发行：	花山文艺出版社（邮政编码：050061）
	（河北省石家庄市友谊北大街330号）
销售热线：	0311-88643221/29/35/26
传　　真：	0311-88643225
印　　刷：	长沙鸿发印务实业有限公司
经　　销：	新华书店
开　　本：	880×1230　1/32
印　　张：	9
字　　数：	200千字
版　　次：	2017年4月第1版
	2017年4月第1次印刷
书　　号：	ISBN 978-7-5511-3216-9
定　　价：	29.80元

（版权所有　翻印必究·印装有误　负责调换）